フイヤン派の野望

小説フランス革命 8

佐藤賢一

集英社文庫

フイヤン派の野望　小説フランス革命8

目次

地図・関連年表デザイン／今井秀之

【前巻まで】

1789年。財政難と飢えに苦しむフランスで、財政再建のために国王ルイ十六世が全国三部会を召集した。聖職代表の第一身分、貴族代表の第二身分、平民代表の第三身分の議員たちがヴェルサイユに集うが、特権二身分の差別意識から議会は空転。ミラボーやロベスピエールら第三身分が憲法制定国民議会を立ち上げると、国王政府は軍隊で威圧し、大衆に人気の平民大臣ネッケルも罷免してしまう。

激怒したパリの民衆は、弁護士デムーランの演説をきっかけに蜂起し、圧政の象徴、バスティーユ要塞を落とす。それを受けて王は軍を退き革命と和解、議会で人権宣言も策定されたが、庶民の生活は苦しいまま。不満を募らせたパリの女たちは、国王一家をヴェルサイユ宮殿からパリへと連れ去ってしまう。

王家を追って、議会もパリへ。オータン司教タレイランの発案で、聖職者の特権を剝ぎ取る教会改革が始まるが、聖職者民事基本法をめぐって紛糾。王権擁護に努めるミラボーは、病魔におかされ、志半ばにして死没する。

ミラボーの死で議会工作の術を失ったルイ十六世は、パリからの脱出を決意。家族とともに、深夜のテュイルリ宮を抜け出すが——。

ヴァレンヌ事件関連地図

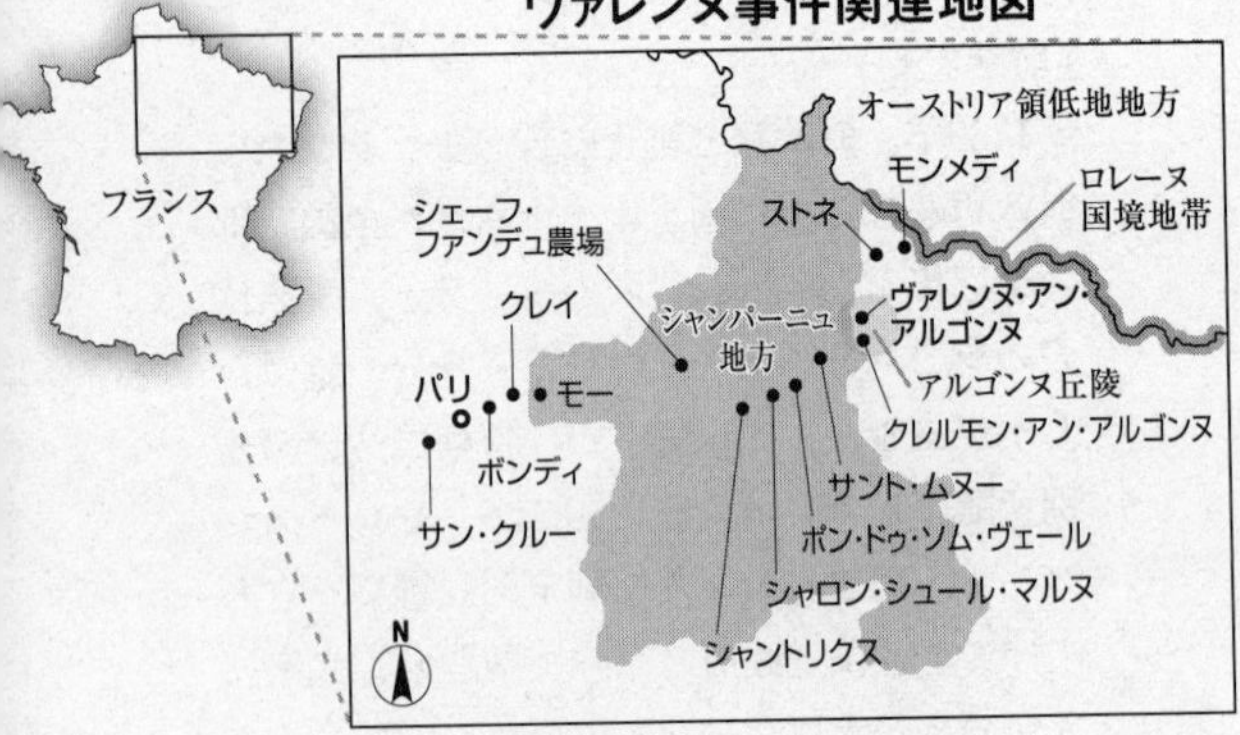

フランス
オーストリア領低地地方
モンメディ
ロレーヌ
国境地帯
ストネ
シェーフ・
ファンデュ農場
ヴァレンヌ・アン・
アルゴンヌ
クレイ
シャンパーニュ
地方
アルゴンヌ丘陵
パリ
モー
クレルモン・アン・アルゴンヌ
ボンディ
サント・ムヌー
サン・クルー
ポン・ドゥ・ソム・ヴェール
シャロン・シュール・マルヌ
シャントリクス
N

革命期のパリ市街図

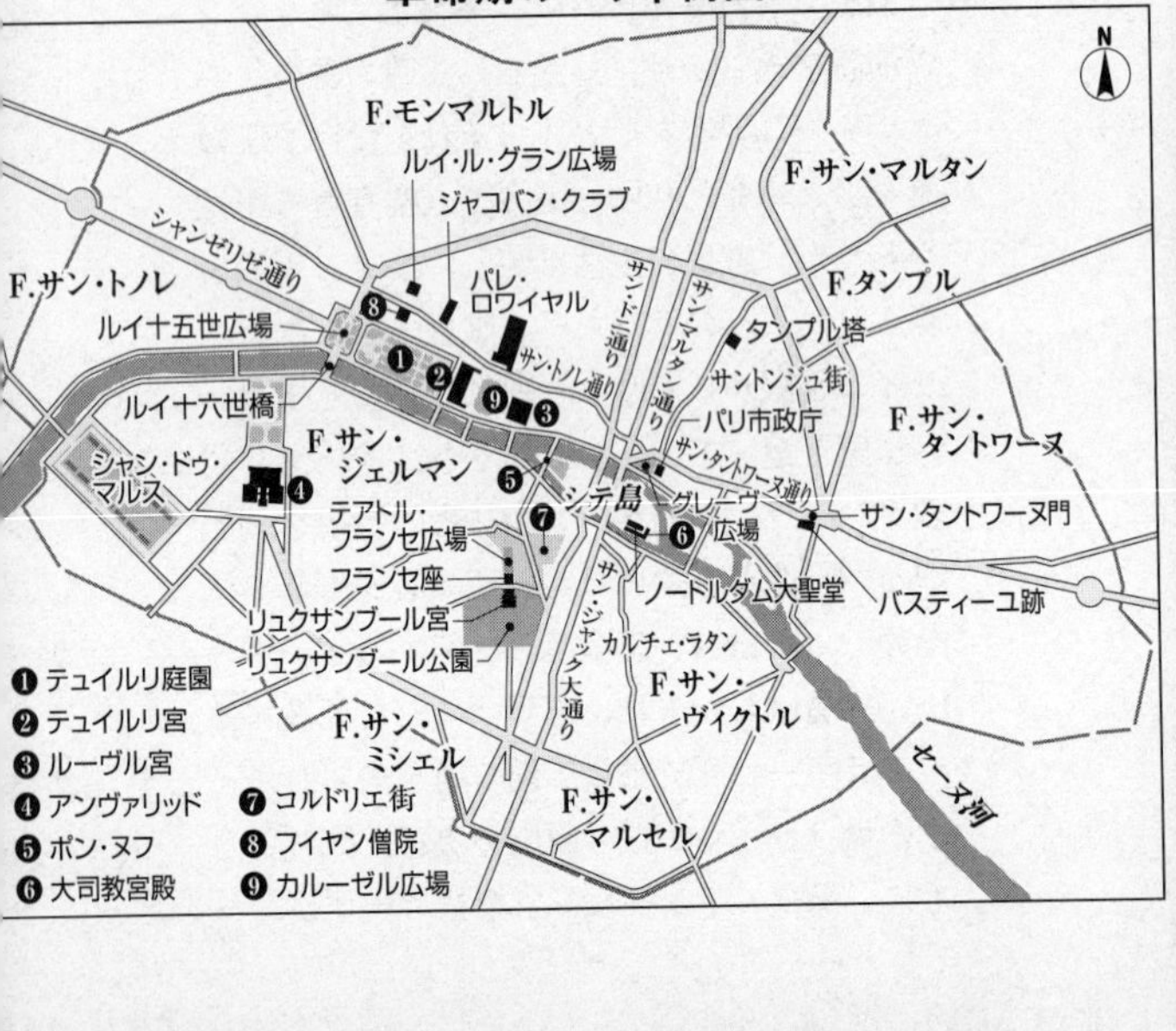

N
F.モンマルトル
ルイ・ル・グラン広場
F.サン・マルタン
ジャコバン・クラブ
シャンゼリゼ通り
F.サン・トノレ
パレ・
ロワイヤル
サン・ドニ通り
サン・マルタン通り
F.タンプル
タンプル塔
ルイ十五世広場
サン・トノレ通り
サントンジュ街
ルイ十六世橋
パリ市政庁
F.サン・
タントワーヌ
F.サン・
ジェルマン
サン・タントワーヌ通り
シャン・ドゥ・
マルス
シテ島
グレーヴ
広場
サン・タントワーヌ門
テアトル・
フランセ広場
フランセ座
ノートルダム大聖堂
バスティーユ跡
リュクサンブール宮
サン・ジャック大通り
カルチェ・ラタン
リュクサンブール公園
F.サン・
ヴィクトル
F.サン・
ミシェル
セーヌ河
F.サン・
マルセル
❶ テュイルリ庭園
❷ テュイルリ宮
❸ ルーヴル宮
❹ アンヴァリッド
❺ ポン・ヌフ
❻ 大司教宮殿
❼ コルドリエ街
❽ フイヤン僧院
❾ カルーゼル広場

＊主要登場人物＊

ルイ十六世　フランス国王
マリー・アントワネット　フランス王妃
ロベスピエール　弁護士。憲法制定国民議会議員
デムーラン　ジャーナリスト。弁護士
リュシル・デュプレシ　名門ブルジョワの娘。デムーランの妻
ダントン　市民活動家。コルドリエ・クラブの顔役
マラ　自称作家、発明家。本業は医師
ペティオン　弁護士、ジャーナリスト。憲法制定国民議会議員
デュポール　憲法制定国民議会議員。三頭派の立案担当
ラメット　憲法制定国民議会議員。三頭派の工作担当
バルナーヴ　憲法制定国民議会議員。三頭派の弁論担当
ラ・ファイエット　アメリカ帰りの開明派貴族。憲法制定国民議会議員
ブイエ　将軍。東部方面軍司令官
ゴグラ　宮廷秘書官
ショワズール　王の逃亡に手を貸す公爵
ドルーエ　サント・ムヌーの宿駅長
ソース　ヴァレンヌの助役
ラクロ　作家。ジャコバン・クラブ会員
モーリス・デュプレイ　指物師。ジャコバン・クラブ会員
ミラボー　元第三身分代表議員。1791年４月、42歳で病没

Si la Révolution fait un pas de plus,
elle ne peut le faire sans danger.

「革命があと一歩でも先を行けば、
危険な事態が起こらずには済まないのです」
（1791年７月15日　バルナーヴの議会演説）

フイヤン派の野望

小説フランス革命8

1——王として

——結果は上々。

ルイの満足は小さくなかった。ああ、正体を明かして、やはり正解だった。フランス王ルイ十六世、その人であるとわかるや、ヴァレンヌは騒然となった。

一七九一年六月二十二日早暁、ソース家に集合していた面々は、ひとり残らず表情を一変させた。土台が騒がしかった界隈《かいわい》も、今や人々が建物の壁に張りつかんばかりの勢いである。のみか近郷の農家からも押し寄せて、すでにして五千人とも、六千人ともいわれる人出なのである。

——とはいえ、敵意からではない。

人々が空気に孕《はら》ませたのは、圧倒的に好意だった。容易に落ち着かないというのは、好奇心が尽きないからだ。不穏な気配があるとすれば、せいぜいが戸惑い程度のものなのだ。現に今も窓下の気配として、さかんに声が響いてくるではないか。

「おいおい、本当に王さまが来たってのかい」

「どれ、どれ、おいらにもみせてくれよ」

「それにしても、なんだって王さまが、こんな田舎《いなか》まで来るんだよ」

「そんなこたあ、どうだっていいだろう。とにかくヴァレンヌにルイ十六世陛下が来られたってことが、とんでもねえ話なんだ」

あるいはフランス王たる人間は耳が聞こえないとでも思うのか、人々は思うがままの言葉を発して、相手に聞かれないよう声を低くするでもなかった。

苦笑で受け流しながら、ルイは昨日来の確信を繰り返した。やはりだ。やはり地方においては、王は未《いま》だ崇敬の的なのだ。ああ、単なる好意に留《とど》まらない、宗教的感情だ。神授された王権の持ち主に害を加えようなどという発想は、健全なキリスト教の信徒であるなら、誰ひとりとして持ちえないものなのだ。

——それが証拠に警鐘が止《や》んでいる。

午前二時二分、ハッと思いついて、ルイが急ぎ懐中時計を確かめると、時間はそこまで進んでいた。

しばらくは文字盤を確かめる余裕もなかった。不愉快に見舞われたというのでなく、むしろ嬉《うれ》しさに忙殺されていた。応対しなければならない相手が、ひっきりなしだったのだ。

ソースの家に張りついている者だけではない。ヴァレンヌのような田舎町にも名士という輩《やから》は結構な数がいて、それが陛下に御挨拶《ごあいさつ》を献上と、ひっきりなしに訪ねてきた。もともと窮屈な部屋を、息苦しさまで覚えさせる場所に落とす。御機嫌うるわしゅう、御尊顔を拝し奉り光栄でございます、陛下の御健康をお祈り申し上げますと、代わり映えしない言葉を皆で捧《ささ》げる。そうしなければ、誰も気が済まないというのだ。

が、そうした面々が納得して退散しても、ソースの家の窮屈は変わらなかった。フランス王ルイ十六世の在るを聞きつけ、やってくるのは地元住民だけではなかった。

座りなおすたびギシギシ音がするような椅子《いす》ながら、ルイはいよいよ寛《くつろ》いだ気分だった。ああ、ようやく腰を下ろす気になれた。

王妃も卓の向こう側に椅子を取り、聖母マリアもかくあるやと思うほど、ずいぶん優しげな表情だった。さっきまでは目を吊《つ》り上げていたということだろう。平静を装い、なお緊張が顔に出ていたのだろう。

もう夫婦たることも公然となっていれば、ルイは思いやりある夫として、まっすぐ妻に微笑《ほほえ》みかけることができた。そのまま余裕の表情にして、他に問いかけることもできた。

「それでゴグラ、いつ出発しようかね」

「陛下の思《おぼ》し召《め》しのままに」

王として尋ねれば返る言葉もしっくりと来て、ルイの心に収まりよいものだった。ああ、ようやく、だ。ようやく、計画通りになった。

ゴグラは宮廷の秘書官である。軍服を着ているのは、こたびの計画のため、先んじてブイエ将軍のところに派遣していたからだ。

つまりは本当ならポン・ドゥ・ソム・ヴェールにいて、国王一家の到着を迎えるはずだった。それが予定の宿駅では姿がみられず、どういうことかと随分気を揉《も》まされたものだが、あにはからんや、このヴァレンヌで再会することができたのだ。

——もちろん、兵隊もいる。

ブイエ将軍はヴァレンヌに、やはり臨時の宿駅を設けていた。とはいえ、替え馬を用意していたのは、さらにラ・バス・クール通りを下りた四辻《よつつじ》を右に曲がり、最初の橋を渡るエール川の対岸、いうところの下町のほうだった。

到着の報《しら》せが入り次第に上町まで出ていくつもりで、ブイエの息子たちは「大王」という宿屋に逗留《とうりゅう》を決めていたのだ。

やはりというか、全ては遅れが出たせいだった。よくよく聞けば、ポン・ドゥ・ソム・ヴェールに待機していた兵団も、午後五時までは国王一家の到着を待っていたのだという。が、その時刻をすぎても来ないので、いったん引き揚げることにしたのだ。

それについては、ルイも怒る気になれなかった。昼すぎには到着予定とされていた話であれば、地元住民が兵隊の姿に神経質になっている折りに随分辛抱したものだと、むしろ感心したほどだ。とはいえ、こちらの到着とても「午後六時十五分」だったのだ。今にして判明したところ、あと一時間ほど辛抱してくれていれば、なんの支障も来《き》たさなかったのだ。

——うまくいかないときは往々こんなものか。

反対に、うまくいくときは偶然まで味方する。ポン・ドゥ・ソム・ヴェールの兵団が引いた先が、他でもないヴァレンヌだった。だから、ゴグラがここにいる。ショワズール・スタンヴィル公爵もいる。さっきまではブイエの息子も来ていた。これが臨時の宿駅を下町に引いたというのも、ポン・ドゥ・ソム・ヴェールの面々に今日は到着しないだろうと、見通しを伝えられての話だったのだ。

いうまでもなく、神経過敏な国境地帯で目立つわけにはいかないからだった。ポン・ドゥ・ソム・ヴェールから引き揚げてきた軽騎兵隊にせよ、近郷の農家に、または祭壇も崩れた僧院跡に、あるいは森の中にと、数騎ずつ方々に散らばる形で待機させられていた。

ヴァレンヌに警鐘が鳴り響いたときは、さすがの将兵も宿所を飛び出すどころか、臆《おく》病《びょう》に首を竦《すく》める思いだったらしい。まずは慎重に様子を窺《うかが》うことに決め、取り急ぎ探索の兵士を送り出したところ、町は静けさを取り戻したようだった。人々に話を聞くと、俄《にわ》かには信じがたい話ながら、国王陛下が来られたとも教えられた。

——しかも住民に敵意はない。

兵団は今度こそ隠れ家を飛び出した。ヴァレンヌの町に入れば、フランス王の居所を突き止めるのは造作もなかった。かくて将兵たちはソースの家を訪れ、ルイは忠義の臣下に囲まれているという、本来の形を取り戻すことができたのである。

——それもこれも、私がフランス王であることを宣言したからだ。

さもなくば、まだ取り調べが続いていた。ルイ十六世かもしれない男として、明日の何時になるかわからない町長の帰りを、じっと待っていなければならなかった。これだけ近くに待機していながら、兵団とて飛び出す時機を得られず、慎重に様子を窺うままだったかもしれない。

——全ては私の英断が招いた幸運だ。

そして幸運は、さらなる幸運を呼ぶ。ヴァレンヌにはポン・ドゥ・ソム・ヴェールから引き揚げた兵団の他にも、下町とは反対側の町外れ、そこに鎮座する旧フランシスコ会の修道院に、六十人の軽騎兵隊が待機させられていた。予定になかった配備だが、念のためとブイエ将軍が増派していたのだった。

「活動していませんから、こちらの兵団のほうが元気です。士気も保たれているはずです。精鋭を四十人ほど選抜して、新たに陛下の護衛隊を編成いたしましょう」

ショワズール・スタンヴィル公爵が受けて続けた。ええ、陛下、御命令をお願いします。陛下が望まれるのでしたら、それこそ一時間とたたないうちに、モンメディに到着してごらんにいれます。

「おいおい、こんな夜中に無茶をやらかして、不注意な事故など起こされてはかなわないよ」

そうやって窘《たしな》めながら、ルイとて言葉通りに無茶と思うわけではなかった。なんといってもモンメディまで、残すは僅《わず》かに十リュー（約四十キロメートル）でしかない。が、そうであれば、躍起に急ぐような話でないとも思えて、そんな心の余裕が知らず、無茶と退ける言葉を選ばせたのかもしれなかった。

――ああ、もう楽観してよかろう。

明かされてみれば、ブイエ将軍本人もモンメディの手前、より近いストネまで出てきていた。このヴァレンヌの宿駅担当だった息子を父の元に出発させて、すでに連絡の手《て》筈《はず》も整えている。ストネでは明日一番に号令が発せられて、国王警護の大兵団が組織されることだろう。

「朝には五百騎が来るのだろう。ならば、そう躍起に急がなくても」

ルイは本当に笑いながらの返事だった。が、これにショワズール公爵のほうは、愛想笑いにもつきあおうとしなかった。

「恐れながら、陛下、これより先におとりになられる御判断は、明日来るだろう五百騎でなく、今日来ている四十騎を基にお下しあるべきかと」

「どういうことだね、公爵」

「陛下が仰《おっしゃ》るほど、時間の猶予があるようには思われません」

「ええ、小生も公爵殿下と同じ意見であります」

続けたのは、クレルモンから到着した連隊長ダマだった。左右に二人の部下だけ連れて、これもヴァレンヌに入っていた。後追いするとの約束を果たしたわけだが、方々に分駐させた兵団のほうは、結局うまく集められなかったらしい。

「ひとつも油断なりません。ええ、なにひとつ信用ならない状況です」

「そうなのです。ダマのいう通りなのです。早ければ一時間とたたないうちに、ヴァレンヌが、いや、兵隊たちまでが、我らの敵と化してしまわないともかぎりません」

「敵と化す、だって」

ルイは首を傾《かし》げた。ショワズール公爵は全体なにを考えている。いや、ダマまで了見を同じくするからには、なにか裏がある話か。

そう勘繰れば、答えは簡単だった。ははあ、そうか、そういうことか。是が非でも自分の手柄にしたいということか。というより、ポン・ドゥ・ソム・ヴェールの、あるいはクレルモンの失点を、今こそ挽回《ばんかい》したいということか。

「はん、それこそ愚かな話じゃない……」

ルイが続けようとしたときだった。戸口に訪《おとな》いの音が響いた。ゴグラが誰何《すいか》すると、ソースでございますと返事があった。

午前二時三十四分、ルイは入室を許した。家主を相手に許すも許さないもなかったが、それでも愉快な気分ではなかった。扉が開かれると、ソースひとりでなかったからだ。

肩幅きりの階段に一列になりながら、先刻に挨拶を捧げたばかりの名士たちが、またぞろ総出で詰めかけてきた。しかも一様に険しい顔つきだ。敵と化すなどという不穏な言葉が、まだ耳に残っていた折りであり、なおのこと不吉な想像を掻《か》き立てられる。

——なんなのだ。

それぞれ家路についたものと考えていた名士たちが実は帰らず、それどころか陛下の店舗に寄り集まり、薄暗がりに潜みながら、なにやら密談を交わしていた。そう考えるだけでルイは、なにかしら不気味なものを感じないではいられなかった。

——まさか、パリの連中のような口を叩《たた》くのでは……。

そう思いつけば、いよいよ戦慄《せんりつ》にさえ襲われる。が、すぐに杞憂《きゆう》と知れた。

「この国を見捨てないでください」

それがソースの第一声だった。ええ、私どもの間で話になったのです。このまま陛下は外国に出られるに違いないと、そういう者があったのです。けれど、それでは困ります。父親に捨てられた子供が途方に暮れるのと同じで、フランスの王に見放されてしまっては、もうフランス人は生きていくことができません。

「後生ですから、陛下、我々をみなし子にしないでくださいませ」

まさに哀願という調子は、悪意の産物ではありえなかった。むしろ逆だ。フランスの王を畏《おそ》れ、敬い、また頼りに思う気持ちがあればこそ、自然と湧《わ》き上がる声なのだ。いよいよの感動に、ルイは胸を詰まらせた。ああ、このルイ十六世という王は、やはりフランス人に愛されているのだ。ああ、ああ、なにも案ずることなどないのだ。

2——二転三転

「見捨てるのではない」

ばっと立ち上がりながら、ルイは答えた。ああ、ここまで来た朕《ちん》であるが、それは重ね重ねの侮辱に堪えかねて、パリを離れただけの話だ。見捨てるつもりなどない。むしろ国父としての自負あるゆえだ。フランス人と一緒に生きんがため、まさしく子供たちに囲まれて暮らさんがためなのだ。

「しかし、外国に行かれるのでは……」

「モンメディまで、である」

「国境の町でございます。いつでもオーストリア領に亡命できるように、なのではございませんか」

「最悪の場合は、そうなるかもしれぬが……」

「ああ、やはりだ」

ソースは頭を掻《か》き毟《むし》りながらの嘆き方だった。やはりだ。やはりだ。ついに国王陛下までが亡命なされる。フランスを見捨ててしまわれる。

ルイは思わず閉口した。そうではない、そうではないと繰り返して宥《なだ》めながら、どうすれば納得してくれるものやら、皆目わからなかったからだ。

というのも、ソースに問い返されるは必定《ひつじょう》だった。

「では、なんのためにモンメディに」

ルイに答えられる問いではなかった。そもそもが自分で立てた計画でなかったからだ。もうパリには我慢できない。とにかくテュイルリを抜け出したい。そうやって金切り声を張り上げた王妃の意を受け、フェルセン伯爵らが勝手に具体化したものなのだ。

「やはり、外国に逃げるおつもりではないのですか」

そうソースに追及されれば、ルイとしても認めざるをえなかった。ああ、確かにフェルセンの考えでは、単に逃げるだけの計画だったろう。故国のオーストリアに逃げたいと、それはマリー・アントワネットが望んだ話でもあるだろう。けれど、この私は違う。

――王者が逃げたりするものか。

そう強がりたいのは山々だった。だからこそ、ルイは真摯《しんし》に自問した。私も逃げようとしたのかと。革命という困難な敵から、ただ逃げたかっただけなのかと。フェルセンの輩《やから》に唆《そそのか》されたとはいえ、フランス王たる責務を放念してしまって……。ミラボーに死なれたからには、もうパリには留まれないと、あっさり闘争を放棄しながら……。

「ですから、陛下、なんのためにモンメディに行かれるのか、はっきりと御答《おこた》えください」

「国家を再建するためである」

と、ルイは答えた。我ながらに声が弱く、それが残念であり、無念だった。

まるきりの嘘《うそ》ではなかった。モンメディに逃れて、それこそコンデ大公はじめ先に亡命した貴族たちを糾合《きゅうごう》し、あげくにオーストリア軍まで呼びこみながら、あらためてフランスに侵攻する。パリに捲土重来《けんどちょうらい》を果たして、政治の実権を取り戻すという再建案なら、逃亡の先にないではない。

――が、そう言葉にするわけにはいかない。

ルイは理解していた。それはフランス人が最も嫌がる話だった。戦争だけは御免だからだ。家が焼け、田畑が荒らされ、それは悲劇でしかないからだ。王家が元の権威と権力を取り戻すためといって、かような手段しか考えつかないというのは、やはり無責任きわまりない外国人だからだ。ああ、だから、あのフェルセンは浅はかな男なのだ。

――ミラボーは違った。

迷わず太鼓判を押せるところ、あれは思慮の深い男だった。異能が鼻について、生きている間は好きになれなかったが、その優れた政見までを嫌い続ける理由はない。ルイは今度は声を大きくした。ああ、そうなのだ。国家を再建するためなのだ。

「朕はモンメディにおいて、臨時政府の樹立と憲法制定国民議会の解散を宣言しようと考えておる」

「臨時政府の樹立と議会の解散、でございますか」

「いかにも。現議会の失政は、すでにして明らかだからだ」

そう続けたとき、ルイは自分の声に張りが漲《みなぎ》るのを感じた。ああ、そうなのだ。諸君たちとて、あながち知らぬわけではなかろう。国家財政を再建するどころか、アッシニャのような紙切れを乱発して、フランスの経済を徒《いたずら》に混乱させておる。のみか、乱暴きわまる教会改革では、人々の信仰生活まで混乱させる始末だ。もはや容認の限度を超えておる。フランスのためにならないからには、この国の王として手を拱《こまね》いているわけにはいかない。

「いや、人民の声を無視するわけではないぞ。できうることなら、議会の意見を尊重したい。けれど、今の議員どもでは駄目なのだ。どこかで道を外れたきり、それを正す素ぶりもないからだ」

「だから、解散を宣言なされて……」

「同時に新たな議会の召集と、新たな議員の選出を布告するつもりだ」

「それは……」

「貴殿らのヴァレンヌも良き代表を出してほしい」

「そのときは、ええ、そりゃあ、もう……」

「ときに助役殿、そろそろ我々の旅券を返してはくださらんかな」

ソースの顔が晴れた。そのまま仲間に振り返り、小声で二言、三言やりとりしたが、もはやルイは相手の好意を疑わなかった。

「旅券は御返しいたします」

それがソースの答えだった。けれども、ダンを抜けて、ストネ、モンメディと向かう道というのは難所続きでございます。土台の地形が険しいうえに道幅が狭いときては、地元の人間でも夜は恐れて、よほどのことでもないかぎり通りたがりません。

「陛下には夜明けの出発をお勧めいたします。それならば、ヴァレンヌから何人か案内も出せると思いますし」

「それは嬉しい」

ありがとうと付け足してやると、それで名士たちは完全に納得したようだった。

ぞろぞろと退室されたあとの部屋で、ふうとルイは息を吐いた。名士たちが占めていた場所が隙間《すきま》になったので、部屋が急に広くなった感じだった。

もちろん、なお窮屈ではあるのだが、もう息を詰めていなくてよい、好きに吐き出してよいと思えるくらいの余裕は取り戻された。ああ、そうなのだ。王家に寄せられる敬意は、やはり廃《すた》れてなどいない。というより、廃れさせないためにも、私は常に堂々としていなければならないのだ。こそこそ逃げたり、隠れたりするべきではないのだ。

――この旅を続ける意味などあるのだろうか。

そうした自問も、ルイのなかには生まれていた。逃げない。隠れない。革命からも、パリからも、また己の運命からも。それが王者というものだと、確信が揺るがない今にして、モンメディまで落ちていく意味などあるのか。

――まあ、臨時政府の樹立のためには……。

有利な判断ではありそうだった。ソースたちに詰め寄られて、苦し紛れに持ち出した口実だが、革命を向こうに回して、あくまで戦うことを決めたなら、ミラボーの計画は秀逸なものなのだ。ああ、悪くない。モンメディで臨時政府の樹立と議会の解散を宣言する。そのための後ろ盾として、ブイエ将軍の武力は欠かすことができない。軍勢に囲まれていればこそ、パリの議会も軽々《けいけい》には手を出せない。

「ですから、モンメディに急ぎましょう」

ショワズール公爵が繰り返していた。ええ、陛下、すぐに出発いたしましょう。

「友好的な空気が変わらないうちに」

またもルイは、ひっかかりを覚えた。

――友好的な空気が変わる、だって。

敵と化してしまわないともかぎらないと、そんなような理屈は先にも述べられた。が、そこに保身の意図を読まずにはおけないならば、繰り返されるほど腹立たしい。王の威信にケチをつけられた気がするからだ。自《みずか》らの落度を挽回したい気持ちはわかるが、だからといって口にできる名分とできない名分はあろうと思うのだ。

「変わらないよ。空気が変わることなんてないよ」

と、ルイは返した。変わるとすれば、だ、ショワズール公爵、それは王たる者が王らしくない真似《まね》をしたとき、こそこそ姑息《こそく》な真似をして、臣民の幻想を壊してしまったときだ。

「夜明けを待って出発なされよとは、ヴァレンヌの面々が好意から寄せてくれた忠告だ。それに応《こた》えてこそ……」

ルイは途中で言葉を呑《の》んだ。外から大きな音が聞こえてきたからだ。ガシャン、ガシャンと物が投げられたような音だった。歓声とも、怒号ともつかない声も、わああと後に続いていた。

時ならぬ国王の来訪にヴァレンヌ中が沸いている。それは周知の顚末《てんまつ》ながら、それまでの無邪気な物見高さとは明らかに違う印象だった。今度の物音には、なにか暴力的な気配が感じられたのだ。

いや、とルイは思いなおした。いや、だから考えすぎだ。

――そんな風では、かえって人々を信用しないことに……。

異変を感じとったのは、ルイだけではないようだった。部屋の全員が刹那《せつな》に言葉を呑んでいた。数秒の沈黙が流れ、その重苦しさを破ったのがゴグラだった。

「外の様子をみてきます」

ゴグラが出ていった。数分して戻り、報告したことには、兵隊たちが騒いでおりますと。「金色の腕」という酒場で飲んでしまったようですと。

「よくないね。すぐに止めさせなさい、ゴグラ」

そうルイが命じたのは、兵隊は歓迎されないとの不文律を知るからだった。連中としては一杯気分で、いくらか羽目を外しただけでも、それで物など壊されたりした日には、住民のほうはたちまち警戒態勢に入るのだ。

「ええ、止めさせてきます」

と、ゴグラも答えた。軽騎兵どもときたら、土地の連中と一緒になって、陛下の馬車に悪戯《いたずら》を始めましたからね。勝手に荷を解《ほど》いて、屋根から降ろしたりしてますからね。

そう言葉を残すや、ゴグラは再び外に出た。止めさせろと命じた手前、止めさせると意気ごんだ忠僕を留め置くではなかったが、その物言いについては釈然としたわけではなかった。どうして、兵隊が土地の連中と一緒に騒ぐ。主君のものだと承知しているはずなのに、どうして馬車の荷に悪戯しようとしている。

ルイは怪訝《けげん》な思いに眉《まゆ》を顰《ひそ》めた。なのに他の面々には、しっくり理解できたようなのだ。

「またか」

そう吐き捨てたのは、連隊長ダマだった。そういえば、クレルモン周辺に分駐させていたはずの兵団は、このヴァレンヌに引き連れてきていない。ルイは目を向け、無言のままに説明を促した。

「いや、まったく遺憾な話ながら、あの連中ときたら、長くは士気を保てないのです」

「というより、騙《だま》し騙しにでなければ使えません」

ショワズール公爵が後を受けた。ええ、そうなのです。酒を飲ませないでは始まりません。ところが、奴等《やつら》は飲んでいるうち、誰が従うべき上官なのか、誰が戦うべき敵なのか、それすら定かでなくなってしまうのです。

「所詮《しょせん》は外国人ですからな」

確かにブイエ将軍の兵力は、大半がドイツ傭兵《ようへい》だと聞いていた。が、それがどうしたと、なおルイは釈然としなかった。というのも、フランスの革命などに影響されないだけ、好都合な兵隊ではなかったのか。でなくとも、フランス王の軍隊では珍しくないではないか。

「ドイツ人だの、スイス人だの、これまでも傭兵は、さんざ使ってきたはずだ」

「恐れながら、フランス王の声望が揺るぎなく、さらに王家の役人による支払いが滞らなければ、連中は忠義も尽くします。しかし、昨今の状況では……」

ショワズールは言葉を濁した。今や兵隊の雇い主は、王なのか、議会なのか、定かでないということだろう。いずれが主人であるにせよ、財政破綻《はたん》のフランスは給金の支払いを滞らせることも、しばしばになっているのだろう。

「ナンシー事件のこともありますし……」

今度は連隊長ダマだった。あれはスイス傭兵だったが、確かに物議を醸していた。昨夏のこと、満額の給金が届かない、上官のピンハネだとして反抗したあげくに、ナンシーで蜂起《ほうき》に及んだ兵団があった。それを弾圧したのが、ブイエ将軍だったのだ。

――それを恨まれているというのか。

恨まないまでも心酔することもなく、もはや兵士は忠義を尽くさないというのか。金もないのに居丈高なフランス貴族の上官でなく、流行《はや》りの人権思想で通じ合えるフランス人民大衆のほうといっそうの気脈を通じて、なんの不思議もないというのか。

思い出されたのが、サント・ムヌーの情景だった。あそこの竜騎兵も飲んでいた。さもなくば待ち時間を持て余すのだろうと、あのときは寛容の眼差《まなざし》で眺めたものだが、そのまま部隊の体《てい》もなさなくなるのだとしたら、それは由々しき事態といわなければならない。なんとなれば、宿駅長ドルーエの話によれば、指揮官のダンドワン男爵は今や逮捕投獄されているというではないか。

——そのとき部下の竜騎兵たちは……。

上官を救おうとはしなかったのか。逆に住民たちと一緒になって、男爵の逮捕に加担したというのか。同じような事態が起こりうると、それがショワズールやダマが先を急《せ》かす理由だというのか。そこまで考えて、ルイは自嘲《じちょう》の笑みを浮かべた。ありえない。ありえない。百歩譲って、ダンドワンやダマ、それにショワズールの身になら起こりうるとしても、この私の身に起こりうるわけがない。

——なんとなれば、朕はフランス王ルイ十六世であり……。

ルイは無理にも言葉を呑まされた。銃声が鳴り響いた。それも二発続けてだった。

3——別意見

ショワズールとダマは弾《はじ》かれたように起立した。

王妃マリー・アントワネットも左右の目尻を再び醜く吊《つ》り上げた。

居合わせた全員が声もなく、それはルイとて同じことだった。

一同の沈黙で他の物音はよく聞こえた。わけても生々しいのは階下の物音だった。最初に蠟燭屋《ろうそくや》の戸が開けられる。というより、なにかに倒れこまれて、騒々しく開いてしまう。居残りを続けているらしい名士たちが、ああとか、おおとか、言葉にならないかわりに野太い声で、尋常でない驚きを表現する。ばしゃん、がらがら、ざああと続いたのは、蠟燭の陳列棚が倒れたり、品物が零《こぼ》れたり、床を転がったりする音だろう。

その間にも、なにか必死な気配は感じられていた。それが階段を上ってくる。ずる、ずると擦《こす》れるような音が聞こえてきたかと思えば、がたんがたんと数段も転げ落ち、それでもあきらめることなく、勾配《こうばい》のきつい段を上る、というより、そう、恐らくは這《は》い上っている。

見当がつかないではなかった。が、動こうとする者はなかった。たぶん誰もが見当をつけたくないからだった。ああ、起きていることを認めたくない。が、現実はいつだって否応《いやおう》ないのだ。

だんと壁に衝突して、開けられた扉は破裂したかのようだった。最後の力を振り絞ったということだろう。崩れるように転がりこんだ影があった。やはり、ゴグラだ。血まみれになって、帰ってきた。

「撃たれてしまいました」

掠《かす》れた声で告げると、それきり気絶してしまった。大丈夫か。大丈夫か。ショワズールが大声で確かめるも、答えられる状態ではなかった。

それほどまでに肩の銃創がひどかった。かたわらでダマは鞄《かばん》を持ち出していた。二人の部下に命じながら、応急処置を試みているようだった。パリから同道してきた三人の護衛も、必死の形相で止血の手伝いである。

蠟臭かった部屋に、たちまち鉄の臭《にお》いが満ちた。ルイには鮮血の赤黒さを、ただ凝視していることしかできなかった。が、もはや呆然《ぼうぜん》とすることさえ許されない。

女たちが悲鳴を上げた。きゃあきゃあ、きゃあきゃあと短い声を繰り返し、ハッとしてみやると、戸口に銃を担いだ男が立っていた。

「君は……」

青に肩章の赤い房飾りという軍服は、国民衛兵のものだった。パリからの追手かと一瞬だけ戦慄《せんりつ》するも、後ろに緑色の軍服も立っていた。

二人ともニヤニヤ笑いで、また二人とも酒臭い。国民衛兵は地元ヴァレンヌの兵士だと思われた。緑を着たドイツ傭兵《ようへい》の軽騎兵とは、酒席で意気投合したということだろう。

とりあえず手を差し出して、ルイは女たちを宥《なだ》めた。銃を担いできているとはいえ、ただの無頓着《むとんちゃく》からのようだった。発砲は無論のこと、威嚇《いかく》のつもりもないらしく、それが証拠に国民衛兵のほうが、惚《とぼ》けた話を始めていた。

「いや、おいらたち、警備のものなんですが……」

警備という言葉自体が、ルイには業腹《ごうはら》だった。というのも、なんのための警備なのだ。任務らしきことをいうが、ぜんたい誰の命令によるものなのだ。

「で、ベルリン馬車をお守りしていたんでさ。そしたら、そこに倒れてる旦那《だんな》が、いきなり怒鳴りつけてきて。そら、物凄《ものすご》い剣幕だったんでね、おいらたちも、さすがに慌てて、近づいてきたら撃つぞって、そう警告したんでさ」

なっ、相棒。そう同意を求められて、どこまで理解したものか、ドイツ傭兵は「ヤア、ヤア、ヴィルクリッヒ（うん、うん、本当だ）」などと答えた。国民衛兵は続けた。とにかく、おいらたちは警告したってえのに、その旦那は聞こうとしなかったんで。

「だから、やむなく発砲しちまいましたが、おいらたちが悪いわけじゃありませんよね。それに、ああ、なんだ、死んだんじゃなかったのかい」

帰ろう、帰ろうと、国民衛兵とドイツ傭兵は引き揚げた。残されたルイはといえば、なお言葉がみつからなかった。というのも、あいつらは、なにをいいたかったのか。間違えて発砲したという弁明か。それとも抵抗すれば撃つと脅《おど》しにきたのか。つまるところ、今も我々の味方なのか、それとも敵と化したのか。

――判然としないが、ただ空気は違ってきた。

さすがのルイも考えを改めざるをえなくなった。パリよろしく制御不能の群集が出現するとは思わないものの、事態が急変することも想定しておくべきかもしれない。ああ、ショワズールやダマの意見を容《い》れて、すぐさま出発するべきかもしれない。

――それとして、もう何時か。

午前三時十六分、明かりに翳《かざ》して懐中時計を確かめていると、再び戸口に音が響いた。訪ねてきたのは、再びの町の名士たちだった。

表情が暗かった。なにか決意を秘めているようにもみえた。

刹那《せつな》弱気に流されかけたが、その手前でルイは自分に言い聞かせた。このものたちは王家の味方だ。ヴァレンヌの群集が微妙な空気を帯び始めたとしても、直《じか》に話を通してある面々だけは、なお私の理解者でい続けてくれるはずだ。ああ、そうか。この有力者たちに説得を頼むなら、人心も落ち着かないとはかぎらない。

自然と浮かんだ笑みで迎えたところ、ルイは叩《たた》きつけられた。

「やはり、反対でございます」

と、ソースは始めた。臆《おく》した様子ながら、はっきりした言葉は聞き違いではなかった。

ええ、今ひとたび我々で話し合いまして、やはり陛下の御出発には反対するべきだと、意見がまとまったのでございます。

「フランス国民として取るべき態度は、王の旅の続行を認めることではなく、むしろパリの国民議会に伺いを立てることではないかと」

聞き違いではないはずなのに、ルイは信じられなかった。ヴァレンヌの名士たちが翻意したのか。あからさまな敵と化してしまったのか。国王よりも国民議会を取るというのか。

「しかし、わかってくださったのではないのか」

さすがのルイも責めるような口調になった。というのも、朕《ちん》はフランスのために頑張るつもりなのですぞ。臨時政府を樹立する、議会の解散を宣言する、そうした朕の計画に、ヴァレンヌは協力してくださるのではなかったのか。

「頼みにしていた朕を裏切り、まさか国民議会の肩を持つとは……」

「いいえ、陛下、いいえ、国民議会の肩を持つとか、ましてや陛下を裏切るとか、そういうことではないのです」

　ソースは理屈を後退させた。やはり臆病に捕われた顔だった。ですから、敵とか、味方とか、そういう話ではなくて、できれば穏便にと申しますか……。フランスのためと仰《おつしや》るなら、議会と喧嘩《けんか》なさるのでなく、きちんと話し合っていただきたいというか……。

「それができる相手でないから、非常の手段に訴えたのだ。それを蒸し返して、話し合いができるように考えるなら、やはり議会の肩を持ったことになるではないか」

「いや、そんなつもりはなくて……」

　助役は言葉を尻窄《しりすぼ》みにした。はっきりいってやれよ、ソースさん。叱咤《しつた》する声が投じられたのは後列からだった。ああ、ヴァレンヌは議会の肩を持たせてもらうって、この際だから、はっきり断っちまえよ。

「だって、睨《にら》まれたくないんだろう、議会からも」

　暗がりから出てきたのはドルーエだった。そういえば、この何時間かはみていなかった。朕こそルイ十六世と正体を告白されて、ずっと隠れていたのかもしれなかったが、その間に顔つきが、なんだか悪相めいてしまっていた。

　土地の顔役として、嫌味なほど周囲に感じさせていた余裕が消えて、今や追い詰められたようにも、追い詰められたことで意地になったようにもみえた。

「そなたであったか、サント・ムヌーの宿駅長」

と、ルイは返した。閃《ひらめ》きが走っていた。ヴァレンヌを動かしたのはドルーエなのだと。国民議会の恨みを買うぞと脅すことで、小心な田舎町《いなかまち》の名士たちに翻意を促したのだと。

もはやルイは無表情を守ろうとはしなかった。

「議会の睨み云々《うんぬん》と申したか。ならば、そなたは王の恨みは買おうとも平気なのだな」

眼光に憤怒《ふんぬ》の念を宿して飛ばすと、ドルーエは一瞬だけ目を泳がせた。が、それを恥じたか、直後には強がりに唾《つば》を吐き捨ててみせた。

「あ、あんたら、王をさらっていこうってんだろうが、い、いいか、あんたら、死んだ王を手に入れるのが関の山だぜ」

王でなく、取り巻く家臣のほうに告げると、もうドルーエは退室だった。やはり意気地があるではない。あとに残されたのがソースはじめ、ヴァレンヌの名士一同だったが、焚《た》きつけた輩《やから》にいなくなられては、それこそ所在がないというものであり、これも会釈だけ済ませると、そそくさといなくなった。

「まったく、なんたる話だ」

憤然としながら、ルイは椅子《いす》に座りなおした。腹が立って、腹が立って、どうしてよいのかわからない。ヴァレンヌの名士たちが示した節操のなさといい、ドルーエの依怙《いこ》地《じ》なばかりの画策といい、自《みずか》らの保身しか頭にない連中の態度には、やはり憤懣《ふんまん》やるかたない。

感情は容易なことでは収まらず、自分らしくないとは思いながら、それを誰かにぶつけないでは済まない気分だった。なのに、居合わせる人間は限られていたのだ。

――王妃マリー・アントワネットにはぶつけられない。

それが王女マリー・テレーズでも、王妹エリザベートでも同じだ。もとより家族にあたるなど、いや、家族ならずとも女子供にあたるなら、それは男がすることではない。ところが、あとは負傷の痛みに気絶したままのゴグラと、それを介抱している連隊長ダマだけだった。その部下二人とパリから連れてきた護衛三人はいるが、これでは話し相手にもならない。

気心が知れているという意味でも、あてはひとりだけだった。だからと呼びかけようとして、ルイは気づいた。おや、ショワズール公爵の姿がない。ダマと一緒にゴグラの介抱にあたっていたかと思いきや、いつの間にやら部屋からいなくなっている。

小用でも足しにいったか、とルイは考えた。が、それにしては長い。

「長いな、まったく」

午前四時十三分、こんな時間に本当に何をしている。それは懐中時計を覗《のぞ》きながら、ぶつぶつやっていたときだった。

ショワズールが戻ってきた。部下なのか、ひとりの軍服と一緒だった。やたらと大柄でないことから、ドイツ傭兵でないフランス人の兵隊で、まずは信頼できる下士官の線だと読めた。

それにしても公爵は嬉《うれ》しそうな顔だった。あまりに表情が明るいので、一番に怒鳴りつけようかと思い詰めていたルイも、知らず気勢をそがれてしまった。

「いやあ、陛下、ヴァレンヌも捨てたものではありませんでした」

と、ショワズールは始めた。もちろん、まだ話がみえない。こちらの怪訝《けげん》な顔に気づいて、なお愉快げな顔をしてみせながら、公爵のほうは軍服の腕を引いて、前に進み出でさせた。ええ、陛下、お引き合わせいたします。

「これはヴァレンヌ駐留砲兵部隊の指揮官で、ラデ殿と仰います」

「ほお、ヴァレンヌの」

「土地の人間ですから、このあたりの地理には精通しておられます。それが先刻の名士たちに紛れてこの部屋を訪ねるや、こっそり私の耳に陛下に申し上げたき儀があると囁《ささや》いたのです」

小生が中座しておりましたのも、実を申せば、それを今まで実地に確かめてきたということなのです。そう前置きを加えてから、ショワズールは促した。

「さあ、ラデ殿、あなたの口から、さっそく陛下に申し上げられよ」

「はい。いや、ええと、ここからだと、隣の寝室になりますか。たぶん窓から、中庭が御覧になれると思いますが……」

「隣では子供が寝ている。ああ、先刻に私がみている。確かに庭があった」

「そこに見張りはいません」

見張られる謂《いわ》れはないと思いながら、ルイは声には出さなかった。ヴァレンヌの界隈《かいわい》では、国民衛兵だの、ドイツ傭兵だのが合同で、警護の任とやらに就いているらしいことは、先刻承知の話だからだ。

ラデは続けた。

「その庭から裏路地に出られるのですが、そこも同じで、誰も警備していません」

「裏路地と。庭から出られると」

ルイが確かめていると、我慢ならない様子でショワズールが割りこんだ。ええ、そうなのです。庭で手足を伸ばしたいと、そう断りながら外に出るだけでよいのです。

「ええ、陛下、お喜びください。その裏路地からは森に抜けることができるのです」

「森に抜けられるということは……」

「ヴァレンヌから脱出できるということです」

「そうか、なるほど。いや、しかし……」

ルイは頭のなかに地図を広げたつもりで考えた。ヴァレンヌの町の裏手は確かに森になっている。が、ダン・シュール・ムーズ、ストネ、モンメディと先に進むためには、その前に橋を渡らなければならない。

「エール川が流れている」

と、ルイは返した。それを渡る橋までは、どうでもヴァレンヌの目抜き通り、ラ・バス・クール通りを行かなければならないのではなかったかね。

「土台が橋は使えません」

答えたのは、ラデだった。教会脇《わき》の石門に築かれたようなバリケードが、橋のところにも組まれています。サント・ムヌーの宿駅長が命じたもので、万が一の強行突破も阻止してやろうと、最初に陛下の馬車が停《と》められたときには、もう組まれていたのです。

「それが今も撤去されず、すっかり往来を止めている格好です」

「ならば、逃げようなどないではないか」

「そこが地元の人間の強みだというのでございます。このラデが申すに、えんえん川沿いを進んで、僧院の近くまで行くと、人が歩いて渡れるほどの浅瀬があるのだと」

「通じて対岸に渡る、ヴァレンヌに別れを告げると、そういうことか、ショワズール」

家臣に大きく頷《うなず》かれるまでもなく、ルイにも魅力的な計画に思われた。ああ、これなら今すぐにでも脱出可能だ。もう名士たちの反対は関係ない。群集の出方が予測不可能だとして、いや、とうにパリの病に侵されていたとして、もう些《いささ》かも困らない。

4――決断

「ただベルリン馬車はあきらめないといけないね」

庭から裏路地に出て、さらに森を抜け、川の浅瀬を渡るというのだから、六頭立ての大型馬車は停車を命じられた教会の前庭に、そのまま置いていくしかない。

当然の話なのだが、ルイには惜しいような気もないではなかった。荷物も満載してある。当面の生活を賄うための金銭も一緒だ。まあ、それくらいならあきらめがつくとして、なによりベルリン馬車そのものが、こだわりの一台なのだ。特に足回りは自慢の性能だったのだ。

「わけのわからない連中に囲まれて、もとより取り戻せるかどうか……」

そう続けたショワズールに、ルイとて異を唱えるではなかった。今も気絶したままのゴグラをみるがよい。悪戯《いたずら》を注意しようとしただけで二発も撃たれた、可哀相《かわいそう》な犠牲者の轍《てつ》を踏むことはない。

「ヴァレンヌさえ後にできれば、あとはモンメディまで、いや、ストネまででよいのです。馬の背でやりすごせない距離ではありません。ええ、馬なら対岸で用意できます。『大王』から回すことも、僧院跡のほうで融通させることも、ともに造作ありません」

「それは、そうだね、ショワズール。うん、うん、ヴェルサイユの森で狩猟を好んだ私だ。半日や一日くらい駆けたからと、それくらいでへばるものではないさ」

そうまで続けてから、ハッとした。やはりというか、マリー・アントワネットは目尻《つ》を吊り上げたままだった。活路の脱出計画は耳にしたはずなのに、依然表情は和らいでいない。気が進まないということだ。そうだ。そうだったのだ。そもそもベルリン馬車の性能にこだわったのも、これが家族連れの旅だったからなのだ。

あるいは馬の背に乗るくらいは、なんとかなるのかもしれない。早駆けしようというわけでなし、王妃だの、王妹だの、養育係の三夫人だの、女たちが手綱《たづな》を握れないというならば、誰か達者な騎手に同乗させてもらえばよい。二人の子供たちなら、なおのこと、大人と一緒に乗せていくことができる。

――問題はむしろ馬に乗るまでだ。

庭から裏路地に出て、さらに森を抜け、川の浅瀬を渡る。ちょっとした冒険といってよかった。女たちは引きずる裾《すそ》を、いちいち泥に汚して行かなければならない。道なき道は当然ながら足場も悪く、のみか上り下りの勾配《こうばい》もきつい。確かに気が進まない話だろう。

——しかし、危急の事態であれば……。

ちらちら気にする、こちらの様子に気づいたのだろう。ショワズール公爵は気を利かせて、自分から王妃に話の水を向けた。いかがでしょうか、マリー・アントワネット様。

「マダムさえ承諾していただけますなら、すぐにも脱出の準備を始めたく思うのですが」

「わたくしが決めるのでございますか」

俄《にわ》かに表情を曇らせて、マリー・アントワネットは不正に抗議するようだった。陛下がお決めになられた旅です。命令なさるのは陛下であられます。わたくしの務めは、それに従うことでしかありません。そう理屈を立てて、すっかり下駄を預けるのかと思いきや、王妃は最後につけたした。

「ただブイエ将軍のほうとて、じき来てくださるのではなくて」

マリー・アントワネットの返事は、要するに否《ノン》だった。

かかる結論を声に出して責めるわけではない。それでもルイには釈然としない思いも湧《わ》いた。なんとなれば、テュイルリ宮を抜け出すときは、結構な冒険も厭《いと》わなかったではないか。

——あのときはフェルセンがいたからなのか。

その名前が頭に浮かぶや、ルイは慌てて掻《か》き消した。捕われるな。あんな下らない疑念に捕われて、また平常心を失うようなことにはなるな。だから、違うのだ。あんな男に意味などなかったのだ。というより、あのとき指図《さしず》していたのが、あれだけ粗末な男だったからこそ、マリー・アントワネットも自分がと奮起したのだ。頼れる夫がそばにいて、全て決めてくれるとなれば、たちまち甘えに傾くというのが、まあ、仕方のない話というか、女という生き物の性《さが》ではないか。

「…………」

また銃声が聞こえてきた。わはは、わははと後に笑い声が続いたからには、悪戯か、さもなくば予期せぬ暴発ということだろう。

これも看過ならないなと、ルイとしては眉《まゆ》を顰《ひそ》めざるをえなかった。ああ、家族のことを第一に考えなければならない。夫であり、父である男子が選ぶべきは、家族を脅《おびや》かしうる万難を排する道であらねばならない。うん、うん、だから、マダムのいわれたことには一理あると私も思うね。

「実際のところ、外は馬鹿騒ぎじゃないか。酒が入っている連中も少なくない。さっきみたいな冗談の発砲でも、おかしな拍子に流れ弾になって、王妃であるとか、私の妹であるとか、はたまた子供たちに当たらないとも限らないのだからね」

「ですから、陛下、あやつらに気づかれないよう裏路地から……」

「ショワズール、ショワズール、いったん冷静になりたまえ。まずヴァレンヌの名士たちだが、出発を許さないとはいっていない。出発に反対するといっただけだ。つまりは行かないでほしいと、ただ自分たちの希望を伝えただけなのだ」

「とは申されますが……」

「夜明けまで待ってやれば、それで連中も納得するさ。でなくとも、ほら、窓の外をみたまえよ」

鎧戸《よろいど》を開けると、やはり闇《やみ》が薄くなっていた。

黒から群青色《ぐんじょういろ》へと移ろって、ヴァレンヌの町並も連なる建物の輪郭ばかりであるならば、はっきり確かめることができた。白く靄《もや》が流れるせいで、すでに明るい印象まであり、かえって屋内の灯火が間《ま》が抜けて感じられるほどだった。

なるほど、今は夏至の頃なのだ。ルイは懐中時計を確かめた。

「四時三十九分、もう夜が明けたも同然だよ。王妃に一理あるというのは、そこなのだ。ブイエの息《そく》がヴァレンヌを出発したのは午前二時より前だ。ストネまでは八リュー（約三十二キロメートル）でしかないのだから、二時間もあれば到着する。ああ、もう向こうには到着しているだろう。私の命令を伝えられて、父親のブイエが動員をかけた頃かもしれない」

「それは、ええ、そうなのでしょうが……」

「もうじき来るよ。ブイエ将軍が五百騎を引き連れて。すれば、危険な冒険に訴えることなしに、我々は出発できるというわけだ」

「違うとは申しません。それでも陛下、旅の御成功をより確実なものにするためには、我々のほうからも動くべきではないかと。先んじてヴァレンヌを脱出して、ストネに向かう路上でブイエ将軍と合流するというのが理想でないかと」

「庭から裏路地に出て、かね。森を抜けて、川の浅瀬を渡って、かね」

「いかにも」

「駄目だよ、ショワズール。それでは駄目だ」

「恐れながら、駄目な理由を承《うけたまわ》りたく」

「フランスの王たるもの、こそこそ逃げるべきではないからだ」

「…………」

「堂々としていればこそ、民は王を畏《おそ》れ、また敬うのだ。逆に姑息《こそく》な手段に訴えれば、侮り、軽んじ、誰も命令を聞かなくなる。人心とは、そういうものだよ、ショワズール」

脱出計画は却下する。このままブイエ将軍の到着を待つ。そう己の決断を告げながら、ルイは晴れ晴れした思いだった。ああ、そうだった。王者は逃げてはならなかった。ああ、困難を恐れて逃げようとするからこそ、いっそうの困難に追いかけられる羽目になる。

――が、それならば、この旅そのものが間違いだったか。

再びの自問が、いよいよ重さを増していた。事態が極まるにつれて、皮肉にも重くなる。やはり、パリに留《とど》まるべきだったのか。革命を向こうに回して、雄々しく戦うべきだったのか。ルイは唐突にも息詰まる感覚にさえ襲われた。

「まあ、それも朝になれば、きちんと答えが出るだろう」

神に可否を預ける気持ちで続けながら、部屋の面々に向けては強がりなりとも、続けないでは終われなかった。ああ、うまくいくよ。必ずや成功するよ。今に私の正しさがわかるよ。

5——民の声

一同に沈黙を強《し》いると、ルイは腕組みを決めた。それきり目を瞑《つむ》ってしまうと、眉間《みけん》のあたりが熱っぽく感じられた。さすがに疲れている。目玉にせよ、脳味噌《のうみそ》にせよ、働きづめだ。ほんの短い時間ばかりは何度か眠りに落ちたとはいえ、かれこれ、そうか、もう四十六時間も起き続けているのだ。

ところが、不思議にも今は少しも眠くなかった。疲れてはいるが、眠くはない。こうなると、かえってルイは考えてしまう。眠れないのは自信がないからなのかと。びくびく怯《おび》えているからなのかと。があがあ鼾《いびき》を立てながら、こんなときでも熟睡できる豪胆こそ、王者の器量とされるべきかと。

ルイは眠ろうとした。が、すればするほど、眠れなかった。それどころか、反対にカッと大きく目を見開くことになる。戸口に訪《おとな》いの音が響いたからだ。

「来たか」

と、ルイは叫んだ。ああ、そうだ。私が眠るも眠らないも関係ない。結果は向こうから、やってくるのだ。とはいえ、同時に時計の文字盤も確かめないではおけなかった。いくらか早いような気もしたからだった。

午前五時二十四分、ありえない時刻ではなかった。五百騎がもう到着したとするなら、ブイエ将軍の仕事は上出来といってよい。

戸口から顔を覗《のぞ》かせたのがソースで、家主は取り次ぎを頼まれたようだった。気まずいような、怯えるような、小さな声は先刻と同じだった。ええ、ええ、何度も申し訳ございません。陛下をお探しという方がみえられたものですから。

「ここまで御通《おとお》ししても、よろしい……」

「どけ」

戸口のソースを乱暴に押しのけて、部屋に闖入《ちんにゅう》してくる影があった。青に肩章の赤い房飾りという軍服は、やはり国民衛兵のものだった。

また酔漢の類《たぐい》かと、ルイは思わず嘆息した。ドイツ傭兵《ようへい》と意気投合して、さっきから悪ふざけを繰り返しているヴァレンヌの民兵が、今度は何用あるというのか。

「ルイ十六世陛下とお見受けいたします」

と、国民衛兵は始めた。はきはき歯切れよい話し方は、思いに反して酒毒が回るそれではなかった。目つきも鋭く、表情も険しく、よくよくみれば軍服も埃《ほこり》まみれだった。

おや、とはルイも思わないではなかった。

「国民衛兵隊第七大隊の中隊長バイヨンと申します」

国民衛兵は続けた。第七大隊の中隊長バイヨン君だねと確かめて、ルイは固まった。なにか、おかしい。そう心に呟《つぶや》けば、違和感の元はすぐみつかった。第七大隊という言葉だ。ヴァレンヌのような田舎町《いなかまち》の民兵隊に、大隊だの、第七だのとあるわけがない。

——数えられるとするならば……。

最悪の答えがよぎった。が、それを言葉にして嚙《か》みしめる前に、今ひとりの軍服が現れた。同じ国民衛兵の軍服も、今度は金糸のあしらいが多い。ええ、陛下、そうなのです。わたくしが遣わされてきたのでございます。

「こんなところで、お会いしたくはありませんでしたが……」

「そのほう、ロムーフか」

ルイも受けざるをえなかった。いかにも実直そうな四角い顎《あご》の相貌は、単に見覚えがあるという程度ではなかった。目に涙を溜《た》めながら、言葉通りの無念を滲《にじ》ませていたのは、きちんと顔と名前が一致する人物だった。

ジャン・ルイ・ロムーフはパリ国民衛兵隊の幹部、もっといえば司令官ラ・ファイエット将軍の副官だった。

「つまりはパリから遣わされてきたというのか」

ひとつ頷《うなず》くと、ロムーフは一葉の書面を差し出した。これをお読みください。

ルイは受け取り、文面を一読した。

「憲法制定国民議会は命ずる。フランス王国全土の公職に就いている者、国民衛兵隊に籍を置く者、ならびに前線部隊の兵士は、国王および家族とその関係者の通過を阻止するために、ありとあらゆる必要な措置を講ずるべきこと」

事実上の逮捕命令だった。が、執行権の長はフランス王ではないのか。議会は法を定めることはできても、それを執行する権限まではないはずではないか。

「あるいはフランスには、もはや王などいないということかな」

そう皮肉で応酬しても、ロムーフは黙して答えなかった。ただ唇を嚙みながら、じっとしていた。が、かたわらでバイヨンは、いよいよ鼻で笑うばかりなのだ。ああ、やはり、そうなのだ。少なくともパリには王などいないのだ。すでに尊敬されていないのだ。いや、尊敬されなくなったのか。

――こんな風に逃げたから……。

ルイは議会の通達書を、王妃にも手渡した。こんなもので、わたくしの子供たちが侮辱されてなるものですか。そう金切り声を上げてから、マリー・アントワネットは紙片を床に投げつけた。が、どうすることもできないのだ。どれだけ罵《のの》りの言葉を浴びせかけたところで、なにが、どうなるものでもないのだ。

——その言葉を裏づける力なくば……。

意図せずして、ルイは自《みずか》らの呟きに励まされた。そうだ。そうなのだ。言葉には力が必要だという理《ことわり》は、パリからの追手にも当てはまるものだった。ああ、この二人の国民衛兵に、なにができる。議会通達がある、ラ・ファイエット将軍の命令を受けているといって、そんなもの、どれだけ声高に叫んでみても、裏づけになる力がなければ無意味ではないか。

——こちらには間もなく、ブイエ将軍の五百騎が来る。

それを待てばよいだけの話だ。ああ、私の予定は、なんの変更も強いられない。ああ、やはり王として、堂々と構えているだけのことだ。ルイは座りなおしながら、あえて椅《い》子《す》の背もたれに、ゆったり体重を預けてやった。

「それで逮捕するのかね」

「逮捕という言葉は……」

ロムーフはいい淀んだ。いえ、陛下、御身《おんみ》の御家族のことは、小生が責任をもってお守りいたします。よって、どうか速やかな御同行を。

「そうか」

ルイはなんだか気が咎《とが》めた。かねてロムーフはパリの人間には珍しく、道義を弁《わきま》えた男だったからだ。それでもバイヨンのほうは苛々《いらいら》を隠そうともしなかった。ええ、逮捕ですよ。副司令官も逮捕でいいじゃないですか、逮捕で。

そんな小声を聞こえよがしにされては、やはり容赦などしていられない。ときには欺くことも辞さない。ルイは続けた。

「それでも少しくらいの時間は待ってもらえるね」

「少しくらいと申されますと」

ブイエ将軍の五百騎が来るまでだよ。もう一時間もかからずに、やって来るのだよ、このヴァレンヌに。そう心に続けながら、ルイが声に出したのは全く別な理屈だった。

「実はロムーフ、子供が寝てしまったのだ。あと少しだけ寝かせてやりたいのだ」

「そうですか。それでしたら……」

「駄目だ」

声が飛びこんだ。駄目だ、駄目だ、駄目だ。王は今すぐパリに帰れ。

バイヨンの無礼口かと思いきや、中隊長に口を動かした様子はなかった。が、そのかわりにルイはみた。

ソースが開けた扉が、そのままになっていた。こんなところまで押しかけた輩《やから》がいる。と思うや、人々は細い管から一気に絞り出されたかの印象で、どんどん部屋に乗りこんでくる。こんな狭苦しい部屋に隙間《すきま》も残らないほど押し寄せて、もはや大袈裟《おおげさ》でなく身動きひとつ取ることができない。

「帰れ、王はパリに帰れ」

「王に恨みはねえが、戦争は御免だ。王なんか置いといたら、戦争になっちまうだろ」

「ああ、パリの議会だって軍服を送りこんできたじゃねえか。だったら、コンデ大公だって、黄色の御仕着《おしき》せを送りこまないともかぎらねえ」

「ええ、ええ、だから話し合いを勧めたんです。議会と喧嘩《けんか》するのでなく、あくまでも穏便に、穏便にと」

「てえか、このまま逃がしちまったら、シャロンのジャコバン・クラブに叱《しか》られちまうぜ。反革命だなんて吊《つ》るし上げられて、それこそパリの輩に逮捕されちまうぜ」

押し合い、圧《へ》し合いのなかで、言葉が縦横に溢《あふ》れていた。この期《ご》に及んで、なおルイは自分に敵意が向けられているとは思わなかった。人々が厭《いと》うのは戦争であり、兵隊であり、議会の介入であり、ジャコバン・クラブの非難であり、つまるところは諸々《もろもろ》の厄介事なのだ。なにを措《お》いても、それだけは避けたいということだ。だから、なのだ。

——王は嫌いでないが、かかる珍客も自分を犠牲にするほどの対象ではないと。

そういうことか、民主主義とはそういうことかと、ルイが自問しているうちに、ヴァレンヌの群集は声をひとつに収斂《しゅうれん》させていった。

「パリへ、パリへ、パリへ」

家の外でも声を合わせているのだろう。それ以前に階下にも詰め寄せて、声を張り上げているのだろう。まさに上下左右、四方八方から襲われる。

「パリへ、パリへ、パリへ」

この声は掻《か》き消せないと、とうとうルイも覚《さと》らざるをえなかった。なんとなれば、ヴェルサイユでも襲われているからだ。そもそもパリに赴かざるをえなくなったのも、民の声に強いられてのことなのだ。

あのときは女たちで、今このときは田舎に暮らす人々で、つまるところは政治など知らぬ、それだけに善良で罪なき民ということができる。

——どんな銃声をもってしても、その声だけは一掃できるものではない。

もとより、ブイエ将軍は来なかった。もう近くまで来ているとしても、まだ来ない。来ないからには、もう永遠に届かない。

ルイは家族を伴いながら、ソースの小さな家を出た。パリへ、パリへ、パリへ。左右の声に襲われながら、丸石で舗装された坂道を今度は上ることになった。パリへ、パリへ、パリへ。行手の教会前庭に待ち受けて、緑色のベルリン馬車にだけは、また乗ることができそうだった。

6――帰路

ルイは表情を消した。気味が悪いと嫌われようと、あるいは愚鈍と蔑《さげす》まれようと、ひとの目など一切気にするものかと決めたのは、三つ上の兄が死んで、王家の長子に昇格した六歳のときだった。

その四年後に父が死んで、王太子になった。さらに祖父のルイ十五世が死んで、十九歳でフランス王に即位した。六歳の決意は正解だったと、度ごと思わずにいられないのは、そのときから常に衆目を浴びるべく運命づけられていたからだった。

――無表情こそ最大の武器だ。

そうしていると、心が落ち着く。一緒に感情まで消える気がする。あるいは心の平穏はもう誰にも害されることがないという、安堵感《あんどかん》のなせる業《わざ》なのか。

実際のところ、ルイは自分の無表情を、堅固な盾のように感じるときがあった。これを翳《かざ》しているかぎり、外の世界で何事が起ころうとも、内なる自分には届かない。そんな錯覚さえ生じてくれれば、もう何も怖くなかった。

何万何千という臣民の歓呼に迎えられても、まるで平気だ。何百何十という目を一度に注がれたからといって、それで食事が喉《のど》を通らなくなることもない。炎天下えんえん続く式典に臨席を求められても、ずっと背筋を伸ばしていることができる。諸外国から送られた海千山千の大使と面会させられようと、それで緊張することもない。

――どんなことでも我慢できる。

だから、こんな騒ぎくらいなんだ。そう自分に言い聞かせていたからこそ、ルイは誰の誤解も反感も恐れることなく、頑《かたく》なに無表情を貫いたのである。

「裏切り者め」

聞き苦しい言葉は今も絶えなかった。群集は四方からベルリン馬車を取り囲むと、それを大きく分厚い声の袋に捕まえながら、ただの一時も解放しようとしなかった。

「よくもフランスから逃げようとしたな」

「だけじゃねえぞ。こいつは外国の軍隊を呼んでくるつもりだったんだ」

「ひでえ、俺《おれ》たちを殺すつもりだったのか」

「だから、フランスを見捨てたんだっていってんだろ」

いちいち弁解しても始まらない。誤解なんだと説明しようと試みても、恐らくは聞く耳など持たれない。笑みをみせれば、ニヤニヤするのが気に入らないと、涙をみせれば、メソメソすれば同情を買えると思うのかと、そんな調子で全て悪意に解釈されてしまう。やはり、無表情でやりすごすのが一番だ。ああ、そうしていれば、どんな責め苦もそのうち過ぎ去るものなのだ。

かかる自分の経験則が誤りだとは、今もルイは思わなかった。が、さすがに零《こぼ》したくなる。それにしても今回は些《いささ》か執拗《しつよう》ではないかと。加えるに少しばかり、度を越していないかねと。

「おまえなんか、もう王さまじゃねえぞ」

「おおさ、ただの豚だ」

「だったら、王妃のほうは雌犬だね」

「それまた、きっと違いないねえ。はん、本当に見境なしの獣だよ。だって、わざとらしく抱いてみせてる餓鬼だって、豚陛下には少しも似てないじゃねえか」

いくらなんでも、王とその家族に投げかけられるべき言葉ではなかった。いや、これほどの無礼が面と向かって、こうも近くから仕掛けられるというのだから、もう相手が何者であるかにかかわらず、文明ある国においては許されざる振る舞いだ。かかる常識が王とその家族だけには免除されるといわんばかりの傲慢《ごうまん》を感じさせるから、こちらは無視でもしなければ始まらないのだ。

「おらおら、畜生風情《ふぜい》が偉そうに馬車なんかに乗ってんじゃねえぞ」

「そうだ。引きずり出してやれ。皆で引きずり出してやれ」

「いいから、おまえら、しっかり俺を隠してくれよ。こんな丸みえになってんじゃあ、いくら射撃の名人でも、王妃を狙《ねら》い撃ちにするわけにはいかねえじゃねえか」

「あはは、あはは、うまくやれよ。あはは、あはは、雌犬退治だ。またぞろオーストリアの狼《おおかみ》兄貴に泣きつかれちまう前に、うまく始末してくれや」

警備の兵団はついていた。有象無象《うぞうむぞう》は口先だけだという思いもある。実際に深刻な危害は加えられていない。とはいえ、ときおり車室が、ゆっさゆっさと横に揺れる。さすがのルイも、ふうと溜《た》め息ばかりは吐《つ》かずにおれなかった。

無表情の盾を翳して、なお胸奥が波立たされる。すぐさま平静に戻そうと努めても、六頭の曳《ひ》き馬が興奮に嘶《いなな》き、暴れ、容易なことでは収まらない。土台が群集に邪魔されて、遅々として前に進めないでいた馬車が、いよいよ立ち往生の体《てい》になる。

印象としてただ黒いばかりだった群集が、不意に色づき、人間の顔を取る。少なくとも車窓に面して居合わせた数人に関してだけは、その細かな表情まで、はっきり窺《うかが》うことができる。

赤みに濁る白目は、ぶよぶよのゼラチンそっくりだ。唾《つば》を飛ばして、絶えずパクパクしている口元は、茶褐色に汚れた乱杭歯《らんぐいば》からして、ほとんど猪《いのしし》の形相だ。鬘《かつら》もなく、帽子もなく、てんでに振り乱されるばかりの髪の毛を束に固めてしまっているのは、汗だろうか、汚れだろうかと考えているうちに、つんと饐《す》えたような臭《にお》いまでが鼻につく。

――まるで獣だ。

と、ルイは思う。そうだ、こやつらは人間でなく、動物なのだとも、自分に言い聞かせてみる。だから、なにも動じることはない。獣ならば、言葉が通じなくて当たり前だ。同じ理屈で、礼儀も作法も、常識も良識もあるわけがない。ああ、なにも驚くことはないのだから、私だって狼狽《ろうばい》などしてやるものか。でなくとも、今さらではないか。

――ずっと、こうだったではないか。

外の威嚇《いかく》に屈したかにはみえないように、ゆっくり自然な動きでもって、ルイは手元の手帳に目を落とした。

「六月二十二日、午前六時二分、ヴァレンヌを出発。
午前十一時三十六分、サント・ムヌーに到着、昼食を取る。
午後十時十二分、シャロンに到着、旧地方長官公邸に案内されて宿泊。
六月二十三日、公邸内の礼拝堂にて『聖体の祝日』の聖餐式《せいさんしき》を受ける、それから昼食。
午後一時八分、シャロンを出発。
午後二時五十九分、シュイイに到着、十五分の休憩。
午後五時二十分、エペルネに到着、食事を取る。
午後六時三十六分、エペルネを出発」

パリに連れ戻される護送の旅が続いていた。ベルリン馬車を囲んだのは、なにもヴァレンヌの人々にかぎった話ではなかった。行く先々で群集に囲まれる。どこに到着しても、国王逃亡未遂の報が先回りしていて、必ずや怒りと憎しみの表現で迎えられる。

そうした旅程を淡々と手帳につけることも、またルイには救いになっていた。つきつめれば、それだけの話でしかないと思えるからだ。どんなに無礼で挑発的な言葉が浴びせられ、どんなに高圧的で無慈悲な脅迫が加えられたとしても、その瞬間その瞬間さえやりすごせば、手帳につけた文言以上の意味など持ちえないのだ。

――唾を吐きかけられるとか、襟をつかまれるとか……。

そんな些細《ささい》な事件なら、手帳に記すまでもない。それくらいなら平気だと、ルイは考えていた。無表情に隠しながら、心の内でやりかえせるからだ。ああ、諸君、なんの意味もないよ。全ては無駄に終わるだけだよ。お生憎《あいにく》さまで、私はフランス王なのだからね。そのあたりの小領主とか、小役人とかとは違うのだ。こそこそ隠れる人間でも、めそめそ泣く人間でもなく、つまるところ、そうそう簡単には挫《くじ》けない人間なのだ。

――ただ、こうも暑いとなると……。

ルイはハンケチで顎《あご》の下を伝う汗を拭《ふ》いた。帰路も初夏とは思われない晴天が続いていた。どんな言葉も、脅《おど》しも、あるいは暴力であっても、人間には屈するつもりがなかったが、この蒸し蒸しした不快感だけは、さすがに閉口させられる。

汗を吸い続けたハンケチは、すでに絞れるようだった。首の下で噴き出すほうも一通りの量でなく、もう座席の背もたれが湿って感じられるくらいだった。

水なり、葡萄酒《ぶどうしゅ》なり、なるだけ取るようにしているのだが、小用を足しに行くのも厄介だと思い返せば、そうそう際限なくも飲めない。あげくに身体《からだ》が乾いてきたということか、なんだか少し頭が痛い。何度かは目眩《めまい》にも襲われたし、それに座りっ放しのせいもあるのか、先刻などは脹脛《ふくらはぎ》まで痙攣《けいれん》を起こしていた。

すでにして、呼吸さえ容易ではない。なにせ涼やかな風ひとつ吹かないのだ。車窓は開けていなかったし、仮に群集の悪意など恐れるものではないとしても、びっしり左右ともを囲まれてしまっては、やはり空気は熱を孕《はら》んだままに籠《こも》るばかりだったのだ。

——それが、いくらか楽になったか。

自らの呟《つぶや》きにハッとしながら、ルイは慌てて懐中時計を確かめた。

午後七時八分、太陽は傾きながら、なお橙《だいだい》色《いろ》に燃えて、まだまだ力尽きる素ぶりもない。日が長い今の季節、夜風がそよぎ始めるまで、どんなに早くても、あと一時間はかかる。にもかかわらず、呼吸が楽になったのだ。大きく深呼吸くらいはできそうな気がしたのだ。

——立ち往生したわけではない。

とも、ルイは気づいた。群集に邪魔されて、進めなくなったわけでなく、馬車は自《みずか》ら停《と》まったようだった。それが証拠に車窓をみやると、警備の国民衛兵隊が汚らしい声を張り上げている群集を、銃剣で脅して遠ざけているところだった。

ぱああと景色が開けていた。それだけで爽快感《そうかいかん》があった。ああ、なるほど、壁のように立ちはだかっていたものが、ようよう整理されたからこそ、どんより留《とど》まり続けた空気も抜けていく先を見出《みいだ》したのだ。そうして隙間《すきま》が空いたからこそ、かわりに新鮮な空気が流れこむことができたのだ。

ルイは外に目をやり続けた。ベルリン馬車が停まっていたのは、農家らしき建物の前だった。

豪農の部類とみえる大きな煙突を備えた二階屋だった。玄関先から連なる垣根の向こう側では羊の群れが草を食《は》み、遠く覗いた森陰にいたるまで、どうやら豊かな牧場が広がっているようだった。

王妃マリー・アントワネットがプチ・トリアノン宮で繰り返していた「農家ごっこ」を思い出すではないながら、なんとも心慰められる景色だった。が、もう直後にルイは気づいた。ああ、思い出すべき事情は他にあった。

警備の国民衛兵にエペルネを出発するとき、ほんの四リュー（約十六キロメートル）ほどだと確かに聞かされた。予告されたブールソー郷の近郊、シェーフ・ファンデュ農場というのは、ここなのだ。

——家族は……。

ルイは案じないではいられなかった。

いうまでもなく、ベルリン馬車の全員が車中で強《し》いられた夏日に憔悴《しょうすい》させられていた。ルイほど汗かきではないにせよ、かわりに女たちは溶け出す化粧に難儀させられたようだった。

土台が遠慮なしにみられることの苦痛は、男が感じるそれの比ではない。絶えず緊張を強いられ続けたあげくに、罵倒《ばとう》に罵倒を重ねる容赦ない責め苦に曝《さら》されたのだ。パリに連れ戻される旅は、女子供にとってこそ拷問だった。今は堪えることしかできないと、そのことを承知していながら、心身ともに疲労は限界に達している。どこまで堪えられるか、もう保証のかぎりではなくなっている。

——なのに、これからが試練なのだ。

ベルリン馬車の扉が開けられていた。そこ、ええ、陛下、もう少し窓際に詰めてもらえますかな。王妃さまには王子を御膝《おひざ》に乗せていただけると、大変に助かります。慇懃《いんぎん》無礼《ぶれい》に要求しながら、車内に乗りこもうとする影があった。

7——出迎え

——予告通りか。

一行はエペルネから四リューほど、ブールソー郷の近郊、シェーフ・ファンデュ農場での待ち合わせで、憲法制定国民議会の代表、ラ・トゥール・モーブール、ペティオン、バルナーヴの三議員と合流することになっていた。

——パリからの出迎えというわけだ。

わざわざ出向いたというのは、単に嫌味を述べたり、恫喝《どうかつ》を試みたりするためでなく、あらかじめ確認したい事項があるからということだった。

それ自体は無理からぬ話なのかもしれない。が、そのためにしばらく馬車に同乗するというから、閉口を禁じえない。

ルイがみてとるところ、自分のように無表情という武器を家族は持たなかった。他人を警戒しない生来の陽性のためなのか、あるいは同じ王族でも至高の地位と責任を伴わされる君主でなかったためなのか、ほとんど自然体で、快活なばかりに日々をすごし、少なくとも自分ほど身構える風はなかった。

――普段は心軽やかだが……。

ひとたび運命が暗転すれば、もう抗《あらが》う術《すべ》もない。こたびのような辛苦を味わわされながら、なんとか精神が崩壊しないで済んだとすれば、これまではベルリン馬車の車室が最後の盾となり、家族を外の悪意から守っていたからだった。なんとなれば、この緑の馬車は夫であり、父であり、つまりは家長であるところの私が、懇《ねんご》ろに仕立てたものなのだ。

――いうなれば、この私の象徴だ。

このベルリン馬車に守られることは、このルイ十六世に守られることと同じ、その固い殻が破られないかぎり安心だと信じればこそ、なんとか旅を続けてこられたに違いないのだ。

――その聖域が侵される。

しかも同乗するのは議員だ。それこそ騒ぐばかりの群集に倍した、最たる敵の名前だった。その言葉は単なる脅《おど》しではないからだ。殴るだの、蹴《け》るだの、あるいは殺すだの、銃で撃つだのと、軽々しく喚《わめ》き立てはしないものの、現実の生殺与奪《せいさつよだつ》はその静かな発声ひとつで決まるのだ。

――そういう人間が馬車に乗りこんでくる。なにを聞かれるのか、それは知れない。が、こちらの返答が拙《まず》ければ、たちまち立場が悪くなる。いうなれば、これから裁かれるという被告人が、検事か判事と同席させられるようなものだ。重圧を感じないでは、ただの一秒もすぎてはくれないのだ。

――すでに戦いなのだといってよいかもしれない。

ならば私の出番だろうと、ルイは自分を奮い立たせた。ああ、家族を矢面に立たせるわけにはいかない。率先して前に出て、この私が戦わなければならない。無表情という武器を身につけているのは、この私だけなのだから。

議会代表三人のうち、ラ・トゥール・モーブールは養育係二夫人の二輪馬車に乗るようだった。伯爵の位を有する貴族で、この男ならばとルイは密《ひそ》かに期待しないではなかったのだが、あっさり同僚に席を譲った。ベルリン馬車に乗りこんできたのは残りの二人、いずれの名前も聞いたことがないからには、恐らくは第三身分の出身と思われる、ペティオンとバルナーヴのほうだった。

どちらもルイには敵意の塊《かたまり》のようにみえた。少なくとも悪意は疑えまいと思わせたのは、二人の議員の馬車への乗りこみ方だった。

席を詰めさせ、場所を空けさせたまではよい。が、それのみならず、二人は厚顔を押し出すまま、片側三人掛けの中央に、それぞれ無理に割りこんだのだ。

すなわち、ペティオンは王妹エリザベートと王女マリー・テレーズを膝に抱いたトゥールゼル夫人の間に、バルナーヴは王太子ルイを抱える王妃マリー・アントワネットと、かなり窮屈な思いで身体《からだ》を小さくしているルイの間に、それぞれ席を占めることになった。

「それでは、出発することにしよう」

ペティオンが窓の外に告げると、馬車はゆっくりと走り出した。

夕焼けの田園風景は変わらなかった。警備に議員の先生方が乗りこむからと教えられたか、やかましい群集がぞろぞろ追いかけてくることもなく、ぼんやり車窓を眺めている分には、随分のんびりした旅である。が、そうもしていられない。

――この夏日は、まだまだ暑い。

風は抜けるようになったが、車室の息苦しさは逆に増した。覚悟していたとはいえ、やはり息が詰まりそうだった。

ルイの席からすると、西日は背中から射しこんでいた。頬《ほお》いっぱいに受けて、顔を橙色に染めていたのが、向かい合わせの席に座るペティオンという議員だった。

左右の目がぎょろりとして、おまけに鼻梁《びりょう》が高い鷲鼻《わしばな》なので、なんだか猛禽《もうきん》を連想させる相貌《そうぼう》だ。さておくとして、表情の全ては明るみに出されている。動けば、ひとつも見落とすはずがない。にもかかわらず、それは石像のように動かなかった。

隣に座るバルナーヴにいたっては、同じく不動の構えも背もたれに深く体重を預けていた。すっかり暗がりに沈んだ格好で、まだ顔つきひとつ確かめられない。

さすがのルイも苛々《いらいら》に襲われた。二議員は、なにを考えている。どんな魂胆がある。あるいは議会がその総意で、なんらかの命令を発しているのか。

気になって、気になって、仕方がなかった。いや、この重たい静寂なりとも破れてほしい。そのためなら、こちらから切り出してもかまわない。そう思い詰めたあげくに、言葉を工面しかけたときだった。

「奇妙な馬車が目撃されていましてね」

ペティオンが始めた。話し出しは意外なほど誠実な印象だった。が、それも直後には、もう悪意に濁ってしまう。ええ、六月二十一日の話です。それも早朝の話です。パリ郊外にボンディという宿駅がありますが、そこから北に向かう幌馬車《ほろばしゃ》が目撃されたのです。

「四頭立てだったといいますから、まあまあ大きな馬車ですな。ところが、馬替えの間に覗《のぞ》いてみると、手綱《たづな》を握る御者がひとりきりだったと。誰か他に乗せているわけでも、はたまた荷物を満載しているわけでもないようだったと」

ルイは額に汗が噴き出すのを感じた。すでに話がみえていた。実際にペティオンは続けた。ええ、ええ、宿駅の者がいうには、これはおかしいと思ったと。なんだか御者本人からして風変わりだったと。暗い顔をして、何度も溜《た》め息ばかり吐いていたと。あれと思って、よくよく注意してみると、辻馬車《つじばしゃ》の御者にしては妙に育ちが良い感じで、それに、なんだか外国人のような気がしたと。

「金髪の加減などから、スウェーデンとか、デンマークとか、あちらの国から来た男のようだったと、そう宿駅ではいうわけですな」

明らかにフェルセンだった。あの粗忽者《そこつもの》めと、ルイは心に罵《ののし》りを吐かずにいられなかった。返す返すも、駄目な男だ。ただベルギーに向かうだけだといって、普通は周囲に怪しまれない工夫くらい考えるものではないか。

——あの男のせいだったか。

ルイは胸奥で、そうも続けないではいられなかった。というのも、ボンディあたりで当たりをつけられたら、その時点で議会は捜索の対象をパリ以東に絞ることができるからだ。実際に限定したからこそ、早期に目撃情報を集めることができた。あれだけ早く追手がヴァレンヌに到着したのも、そういうカラクリがあったのだ。

——やってくれた。またしても、やってくれた。

が、そうやって腹を立てるだけなら、ルイには幸いな話なのだ。暴れていた感情は怒りというより、むしろ羞恥心《しゅうちしん》のほうだった。

ルイは赤面しているのではないかと心配した。なにか勘繰られるようではいけない。というより、勘繰られること自体が屈辱的だ。が、そう思えば思うほど、ますます耳の先が熱くなる。ペティオンの言葉からして、もはや故意にいたぶろうとするかに聞こえてくる。

「我々としては、皆さまの御旅行と関係あるのではないかと考えているのですが、どなたか心あたりはございませんか」

「御者の名前を覚える習慣などございません」

ルイはハッとして顔を上げた。答えたのはマリー・アントワネットのほうだった。しかも声が毅然《きぜん》としている。ええ、その風変わりな御者が仮にわたくしたちの旅行に関係ある者だったとしても、そのような仕事の者にいちいち名前を尋ねる習慣はありませんから、わたくしたちといたしましては思い出しようもありません。

「申し訳ございませんけれど」

額の汗を涼しいように感じながら、ルイはふうと吐き出す息を、なるだけ小さく押し殺した。あるいは隠そうとしたのは、他愛《たわい》なく浮かんだ笑みのほうだったというべきか。馬鹿だな。私ときたら、相変わらず馬鹿だな。だから、なんら恥じるような話ではなかったのだ。そういう疑念をチラとでも蘇《よみがえ》らせたことのほうが、むしろ夫としては大いに恥じ入るべきなのだ。なんとなれば、我が妻の、この堂々たる態度をみよ。

「国外に出るつもりはなかった」

と、ルイは始めた。我ながら唐突な感じはないではなかったが、それでも取り消そうとは思わなかった。ああ、私は家族を守らなければならないのだ。下らない感情に捕われて、言葉も出ないでいる間に、妻が不当な辱《はずかし》めを強いられるのだとしたら、こんな不甲斐《ふがい》ない夫もないということになる。

「ああ、最初に申しておくが、朕《ちん》には国外に出るつもりはなかった」

国外に出るつもりだった。そう認めれば、オーストリア領に出る、オーストリア軍を誘引する、王妃マリー・アントワネットの実家にフランスを売り渡すと、そういう意味に取られるのは必定《ひつじょう》だった。だからこそ、最初に否定しておかなければならない。妻の安全を確保してからでないと、どんな尋問にも応じられない。

「それは存じ上げております」

そう返されて、ルイは数秒の困惑に捕われた。

意味がわからなかった。いや、国外に出るつもりがないなどと、こちらの意図を事前に知りえたとすれば、この馬車の内で王妃とトゥールゼル夫人、それに王妹エリザベートだけなわけだが、その声は明らかに女のものではなかった。

――といって、ペティオン議員は……。

向かい合わせの席で変わらず西日を浴びながら、今度は仏頂面になっていた。つまりは苦いものを噛《か》むような表情で、もちろん口は噤《つぐ》んでいる。とすると、もう他にはないわけだがと思いながら、ルイは自分の隣を覗いた。

会釈がてらに顔が明るみに出されると、まだ若い男だった。もう三十に届いたか届かないか、いずれにせよ、議員にしては破格に若いほうである。

存在感ある大鼻の持ち主で、この装置で大量の空気を取りこめるからか、さほど大きな声でなくとも、吐き出されれば自《おの》ずと力漲《みなぎ》る風を感じさせた。比べるに円《つぶ》らで小さな瞳《ひとみ》は、どことなく愛嬌《あいきょう》あるものであり、実際のところ、それは愛想といえるくらいの笑顔ではあった。

間違いない。応じてくれたのはベルリン馬車に同乗してきた今ひとりの議員、アントワーヌ・バルナーヴのほうだった。

──それにしても……。

聞き違いではなかったかと、なおルイは耳を疑わずにはおれなかった。あるいはバルナーヴのほうに勘違いがあったのか。それとも私が内心熱くなるあまり、なにか話の脈絡を取り違えてしまったのか。

バルナーヴは続けた。ええ、ええ、陛下に国外に出る意図などなかったこと、もちろん我々のほうでも承知しております。

「ただ、そうしたことは、今この場でお答えいただかなくとも結構でございます」

「どういうことだね」

「パリに戻れば、また別の者が詳しい事情をお伺いに上がる機会もあろうかと」

「ああ、そういうことですか」

本格的な取り調べは帰ってからじっくりと、という意味である。それとして理解できる話だが、言葉で突き放されて、なおルイは釈然としなかった。バルナーヴの態度には、あまりに棘《とげ》がなかったからだ。こちらを責めるような意図は、少しも感じられなかったのだ。

「はん、余計なことを喋《しゃべ》るなということですよ、陛下」

冷笑気味に受けたのは、再びのペティオンだった。御自分の不利になるような内容まで、うっかり口走らないともかぎらないのだから、ここは黙秘が利口だということです。

「少なくとも、ペティオンなんかの前では正直な話をしてくれるなと、そうバルナーヴ氏は因果を含めようとしたのです」

「ペティオン君の前では、ですか」

そう確かめながら、すでにルイは閃《ひらめ》いていた。同乗してきた二人は、どうやら固い信頼で結ばれた盟友同士というわけではないらしい。それどころか、ずいぶん仲が悪いようだ。個人として馬が合わないというより、政治的な立場が違う、利害を代弁するべき背景が違うということだろうとも、いち早く見当をつけていた。

――というのも、今のフランスは一枚岩ではない。

ただ無為に時間を費やしたわけではない。この旅でルイは観察を深めていた。

8──観察

ヴァレンヌで身柄を拘束される、その直前も直前まで、ルイは王国の実情をパリとその他の地方の温度差で捕えていた。

革命の過激な理想一色に染まるのはパリだけだ。地方においては、まだまだ王の権威が保たれている。ジャコバン・クラブに煽動《せんどう》された一部が、国民主権だ、政治参加だ、憲法の制定だと、人真似《ひとまね》の言葉を叫んでいるにすぎない。そう考えて、楽観に傾いた憾《うら》みで、今日の責め苦を余儀なくされてしまったわけだ。

──もはや王など、どこでも敬われない。

いくらか畏《おそ》れる気分があったとしても、自《みずか》らを犠牲にして構わないほどの価値ではない。人々は主権だの、人権だの、小難しい言葉で理屈立てるというよりも、見苦しい身《み》贔屓《びいき》や恥知らずな自分本位、あるいは数々の矛盾を孕《はら》んだ自己保身というような感情が、今や許されるようになったと感じているだけなのだ。

——自分のためにならないならば、王とて捨てる。

しかしながら、とルイは思う。かくて苦杯を嘗《な》めさせられたヴァレンヌからの帰路においても、国王とその家族は全く敬意を示されないわけではなかった。

——例えば、シャロン。

それはジャコバン・クラブの地方支部が強い都市だとして、モンメディに向かう途上の二十一日には、別して神経を尖《とが》らせた都市である。ところが、ヴァレンヌから折り返した二十二日に、囚人さながらの境涯で再訪を果たしてみると、どうだったか。シャロン市長、マルヌ県の副知事、さらに県判事から郡検事、地元国民衛兵隊の士官を称する面々まで、いわば土地の有力者が総出で出迎えてくれたではないか。

シャロンでは、ちょっとした式典まで催された。歓迎の拍手が木霊《こだま》するなか、代表の少女は王妃マリー・アントワネットに花束まで贈呈した。あげくに今夜の宿を用意しております、陛下の御気《おき》に召しますかどうかと案内されたのが、旧地方長官公邸だった。

地方長官というのは、革命で廃止される以前の知事職のことである。とすると、革命家が唾棄《だき》するところのアンシャン・レジームに、逆戻りしたようではないか。

実際のところ、気を良くした王妃に始められて、昔話にも花が咲いた。なんでも一七七〇年にシャロンを訪れたときも、マリー・アントワネットは同じ地方長官公邸に宿泊したのだという。

明かされて、シャロン市長も機嫌よく受けた。ええ、王妃さま、もちろん覚えております。オーストリアから御輿入《おこしい》れなされたときの話でございましょう。

「ええ、あのときも私どもシャロンの街の一同は、心ばかりの花を差し上げたものでした」

「そうでしたわね。のみならず、沿道の建物という建物までが、咲き乱れる花々に飾られておりました。けれど、申し訳ございません。その花が何色であったのかまでは、ちょっと記憶にございませんわ。というのも、わたくし、気が気ではありませんでしたの。なにせ、その翌日にはコンピエーニュで、フランスの王太子という方と会う予定になっておりましたもので」

「その王太子というのは、もしや私のことかね」

「のようですわね。あの当時は、もう少し痩《や》せておられましたけれど」

そんな冗談口で笑うことまでできた。旧地方長官公邸では、そのままの朗らかさで夜会まで開かれたが、その席上では地元の王党派を名乗る人間に、またも秘密の脱出経路を耳打ちされた。家族の安全第一と再び辞退はしたのだが、やはり地方では王の権威が保たれていると、またぞろ錯覚に捕えられても不思議でない風向きだった。

──すぐ翌日には冷水を浴びせられた。

六月二十三日の木曜日は「聖体の祝日」だった。パリ脱出の直前にラ・ファイエットに念を押されたからと、嫌味にするつもりはないながら、そんなこんなで覚えていたこともあり、シャロンでルイは立憲派神父による聖餐式《せいさんしき》を受けることにした。

聖餐式が行われたのは、旧地方長官公邸内に設けられた小さな礼拝堂だった。無用の混乱を招く恐れがあるので、どこか市内の大聖堂に出向くことは避けられたいとの、周囲の意見を容《い》れたもので、もちろん大々的に触れたわけではなかった。それでも嗅《か》ぎつけて、どかどか乗りこんできた輩《やから》がいたのだ。

「おいおい、王さま、あんた、反革命なんだろう。憲法に宣誓した神父なんかに、式を挙げてもらっちゃあ、不本意なんじゃないのか」

「てえか、こんな不埒《ふらち》な男には、挙げてもらう資格がねえだろう」

「そうだ、そうだ。俺《おれ》たちに誤魔化《ごまか》しは利かねえぞ。俺たちゃあ、ランスから来たんだ。大司教座都市の代表ってわけだ。神国フランスを捨てようとした王に、信心てえものを質《ただ》しにきたってわけなんだ」

「てえか、おまえなんか、もう王じゃねえや。ただの豚野郎だ。畜生が教会に入っていいと思ってんのか」

「そうだ、そうだ。そこの雌犬も同じだぞ。おまえのせいで堂内が臭くなっちまう」

「ああ、臭いな。確かに臭いな。こうもオーストリア臭くっちゃあ、たまらねえや」

臭いのはどちらのほうだと、ルイは呻《うめ》いたものだった。礼拝堂に酒臭い息が充満していた。全部で十数人もいたろうか、ほとんど全員が明らかに泥酔の体《てい》だった。

——またか。

罵詈雑言《ばりぞうごん》の群集はシャロンにもいた。ランスの国民衛兵だと名乗り、だらしなく着崩されていたとはいえ、なかには確かに青い軍服も混じらないではなかったが、それも俄《にわ》かに本当にはできなかった。

尋常なブルジョワならば、いくらかは品格を感じさせる。垢《あか》じみた風体で、日が高いうちから安酒をあおり、乱暴に吐き出される汚い言葉で、かえって自分を貶《おとし》めているような輩の印象をいえば、はっきりいって平民も下の部類だ。

——やはり、そうか。

短い呟《つぶや》きだけ残し、ルイは礼拝堂を後にした。ヴァレンヌからの帰路で観察を深めたところ、フランスが一枚岩でないというのは、パリと地方で意見が違うというより、富裕の層と貧困の層で態度が分かれると、そういうことのようだった。

——思えば、ヴァレンヌからしてそうだった。

あの田舎町《いなかまち》なりに富める有力者たちは、やはり王家に友好的だった。蠟燭屋《ろうそくや》に出入りできたくらいの面々は、王の国外脱出を嘆いたり、逃亡という強硬手段を窘《たしな》めたりはしたものの、最後まで無礼を働くことはなかった。王が来ているという戸惑いから抜け出すと、あれよという間に敵対感情を高じさせたのは、術《すべ》もなく道路にたむろしていたような連中、つまりはヴァレンヌにおいても貧しい風体の人々だったのだ。

とはいえ、単純な色分けに胡坐《あぐら》はかけない。失敗を経験しているだけ、なおルイは慎重に構えた。

――一番大切なのは自分で、そのことには変わりあるまい。

実際のところ、富裕の層とて熱心な王党派ではないはずだった。アンシャン・レジームに回帰したいわけでもない。革命がもたらした新しいフランスを手放す気もない。でありながら、なお国王という存在を受け入れる余裕があると、そんなようなところがルイが受けた感触だった。

同じ理屈で貧者のほうにも、とことん憎まれているわけではない。こちらのほうが本来的には王党派だ、とさえルイは思う。我が身大事のテーゼを認めればこそだ。よるべのない弱者であれば、ますます頼れる国父がないでは始まらないからだ。

――ただ苛々《いらいら》している。

ひどく苛々しているために、誰に対しても寛容な気持ちになれない。のみならず、その不愉快を晴らすための、八つあたりの対象を探している。自ら墓穴を掘る格好だったとはいえ、いかにも間《ま》が悪かったというか、私たち家族はその格好の的に使われたのだと、それがルイの率直な印象だった。

なぜ苛々しているのか、それは知れない。戦争の心配をしているのかもしれない。物価高騰《こうとう》だとか、食糧不足だとか、そんなところが気がかりなのかもしれない。あるいは苛立ちは革命の先行きがみえないというような、なにか漠然とした不安に襲われたせいかもしれない。

その理由については、これと確信できてはいないのだが、現象そのものについていえば、もはやルイは疑いを覚えなかった。ああ、苛々していることだけは間違いない。

――この馬車でも、現にペティオン君は不機嫌ではないか。

地金で意地が悪いわけではないだろうと、ルイはみた。有体《ありてい》にいえば、悪意も表し方が下手《へた》だからだ。褒め言葉で相手を傷つけるというような、宮廷に数世紀も巣くう貴族の血統だけがなせる一種の技巧からは、よほど遠いといわなければならないのだ。

いいかえれば、ペティオンは土台が善意の人間である。思慮深く、誠実な男でさえあるのかもしれない。ただ自分の心を守りたいだけだ。やくたいもない皮肉や、無理にも相手を傷つけようとする冷笑で、とにかく苛々ばかりは発散しないでいられないのだ。

――苛立つ庶民さながらに……。

ということは、だ。さらにルイは一歩を進めて洞察した。もしやジャコバン・クラブというのは、これだったのではないか。自分が革命と同義として理解しながら、これまで警戒の念を向けてきた活動とは、その実は今のフランスを代弁するものでも、革命を体現するものですらなく、庶民の苛立つ感情ばかりを選んで、うまく煽動してきたにすぎなかったのではないか。

9――探り

「ということは、ペティオン君もジャコバン・クラブの方で間違いありませんな」

と、ルイは確かめた。いかにも、そうです。答えながら、やはりペティオンは苛々《いらいら》を誤魔化《ごまか》すために皮肉を弄《ろう》した。

「いやはや、思わぬ驚きがあるものです。どういう経緯でお知りになられたのかは知りませんが、ジャコバン・クラブの名前に神経を尖《とが》らせてくださるとは、まさしく光栄の極みでございますなあ」

無視して、ルイは先を続けた。

「そうしますと、こちらのバルナーヴ君は、なんと申しますか、そもそもの全国三部会のときには、貴族代表議員でいらしたとか」

「はは、陛下、御名答でございます。確かにバルナーヴ議員は、そんなようなものであられます」

「よしてください、ペティオン議員」

「違うのかね、バルナーヴ議員。少なくとも今では十分に貴族的じゃないか。『三頭派』なんて呼ばれながら、大貴族のデュポールやラメットと席を並べて、ずいぶん御高くとまっている様子にみえるがね」

「あなたが私に抱《いだ》いている反感が、そうみせているだけです」

ぴしゃりと片づけると、バルナーヴは左右交互に笑顔を配るようにしながら、ルイと王妃に答えた。

「全国三部会のときから、私は平民代表でした」

「それでも資産家の生まれであると」

「というほどではありません。貧しくはなかったかもしれませんが、とりたてて裕福というわけでなく、実際のところ、私は一介の弁護士にすぎませんでした。ペティオン議員と同じように、ジャコバン・クラブにも所属しております」

「そうでしたか……。いや、そうは思われなかったものですから」

「故ミラボー伯爵にせよ、ジャコバン・クラブの一員だったのです」

「そういわれれば、ううむ、バルナーヴ君がジャコバン・クラブにいても、確かにおかしくはありませんが……」

「はん、嘘《うそ》に嘘を重ねるのも、大概にしたらどうかね、バルナーヴ議員」

ペティオンが割りこんで、また険悪な数語がやりとりされた。ああ、ミラボーのような強烈な人物を持ち出せば、なんでも誤魔化せるわけではないぞ。待ってください、この私が何を誤魔化したというのです。どんな嘘をついたというのです。はん、だって誤魔化そうとしたじゃないか。嘘をつこうとしてるじゃないか。わかりやすい事実を話に混ぜながらね。

二人ともジャコバン・クラブの人間だとはいうが、やはりというか仲が悪いというのは、最初の見立て通りのようだった。

「この際だからいわせてもらうが、ジャコバン・クラブを隠《かく》れ蓑《みの》に使われては迷惑なのだよ。そんな勝手をやられては、こちらまで一七八九年クラブと一緒にされてしまう」

ペティオンが続けていた。ルイとしては怪訝《けげん》に眉《まゆ》を顰《ひそ》めてみせるしかなかった。気づいたらしく、説明が加えられたことは僥倖《ぎょうこう》だった。つまりは陛下、こういうことです。

「議会から遣わされてきた三議員はいずれも、いうところの右派、保守の王党派というわけではありません。とはいえ、左派も三様の立場を代表しております。すなわち、ラ・トゥール・モーブール伯爵はラ・ファイエット派、自由主義を標榜《ひょうぼう》しているとはいえ、貴族的な自由主義にすぎませんから、我々の目には右とみえてしまうのですが、とにかく、そういった派閥を。バルナーヴ議員はデュポール、ラメットらと組んだ三頭派、左派を自称しておりますが、なんだか最近は無節操にも中道寄りで、やはり右傾化が顕著な派閥を。そして不肖ペティオンが革新の一派、つまりは本当の左派を代表しているというわけです」

「ペティオン君の説明で、間違いありませんか、バルナーヴ君」

「なんだか棘《とげ》の感じられる説明でしたが、まあ、大筋のところは」

「とすると、こういうことですかな。つまりは同じジャコバン・クラブにいるとはいえ、ペティオン君の派閥とバルナーヴ君の派閥では、考え方に大きな溝があるのだと。バルナーヴ君の派閥にとっては、むしろラ・ファイエット侯爵の派閥のほうが近いのだと」

「だから、ラ・トゥール・モーブール議員は二輪馬車に退いたわけなんです。陛下に話を確かめるという重責は、すっかり任せてしまったんですよ、仲間のバルナーヴ君に」

ルイは自分の隣に目を投げた。バルナーヴは否《いや》でも応でもない微笑だった。

ペティオンのいう通りなのだと、ルイは理解することにした。とすると、どうなる。ペティオンが属する派閥、いうところの本当の左派、あるいは本当のジャコバン・クラブが、貧しき庶民の利害を代表するとするならば、これと角を突き合わせるバルナーヴの派閥、議会の言葉にいう三頭派のほうは、富裕の穏健市民を代表している。

――そうみてよいのか。

少なくともバルナーヴが感じさせている空気、強《し》いて王を害するものではないという雰囲気は、シャロンの有力者たちが感じさせた余裕と酷似するものだった。ラ・ファイエットに近いというのは気に入らないが、裏を返せば影響力を振るえるということであり、あの勘違い男を掣肘《せいちゅう》する武器にもなってくれるかもしれない。

――このバルナーヴを味方にできれば……。

いや、待て。ルイは再び慎重に構えた。誰か有力議員を抱きこんで、議会工作を行わせるというなら、これはミラボーの後釜《あとがま》選びということだ。

宮廷秘密顧問官として、あれやこれやと指図《さしず》された最中の心境を思い出せば、今なお気分は愉快ならなかった。が、それも底知れない異能と、異様な押し出しを兼ね備えた、あの暑苦しい男ゆえの話だったかもしれない。

――バルナーヴくらいであれば、かえって理想的かもしれない。

うん、悪くないかもしれない。ルイが冷静に値踏みしている間にも、軽率の嫌いが否めない女のほうは始めていた。

「とにかく、さきほど陛下も仰《おつしや》っておりましたように、わたくしたちとしては国外に出るつもりなど、少しもございませんでしたのよ」

バルナーヴさんと名前を呼んだわけではない。が、マリー・アントワネットときたら、すでにペティオンのほうは完全に無視だった。

恐らくは王妃も同じことを考えたはずだった。バルナーヴを通じて議会工作を行えるのなら、ミラボーが生きていた頃に戻るだけ、こたびの逃亡計画が報われなかったにしても、ふりだしに戻るだけだと、そんな風に心が軽くなってもいるかもしれない。

「しかし、だ、マダム」

ルイは割りこまないでいられなかった。パリに連れ戻される境涯は、そう楽観できたものではないよ。成功が取り消されることはあっても、失敗が帳消しになることはないものだからね。ああ、この逃亡計画がなかったことには、絶対にならないのだよ。そうやって窘《たしな》めたかったが、その通りの言葉は声には出せなかった。

「逃げるつもりがあったとか、なかったとか、そういう話はパリに戻ってからと、さっきバルナーヴ君に教えられたばかりじゃないか」

「ああ、そうでしたわね」

「私の前では余計なことを喋《しゃべ》るなと、確かに忠告しておりましたな」

ペティオンが嫌味たらしく応じたが、マリー・アントワネットは黙して答える様子もなかった。拗《す》ねたように唇を尖らせ、そのまま窓の向こうに目を投げるだけである。

ふううと、ルイは息を抜いた。いつもながら、マダムときたら抑えが利かない。それでは沈黙していても、ありあり内心が透けてみえるというものですよ。そう胸奥で続けた言葉は、やはり声に出せるわけではない。仮に出しても報われるはずがなく、ならば前向きに思い返すのみだった。ああ、かえって好都合かもしれない。下手《へた》に王妃に張りきられでもしたら、それのほうが厄介だ。もとより、私がやるしかないのだ。

——もう逃げないことに決めたのだ。

それだけは固い決心として、ルイのなかで動かなくなっていた。ああ、逃げない。どんな困難にも立ち向かう。こたびの逃亡計画にせよ、私は自分が捕えられたとは思っていない。なんとなれば、逃げようと思えば、いくらでも逃げられたのだ。にもかかわらず、それはフランス王にあるまじき振る舞いだと気づいて、途中から自らの行動を正したのだ。

「とにかく、そういうことだから」

と、ルイは話を改めた。私にしても弁明めいたことを口走ろうとは思いません。ただ、いくつか気になることがあるというか。あらかじめ知りたいことがあるというか。

「私のほうから、ふたつ、みっつ、両議員に尋ねてはいけませんか」

ペティオンとバルナーヴの二人は互いの顔を見合わせた。ほぼ同時に頷《うなず》くと、やはり同時に、どうぞと二人で声を合わせた。

「ええ、答えられる範囲で答えさせていただきます」

「というか、すでに答えは出ているのじゃないかね、バルナーヴ議員たちの間では」

意味不明ながら、やはりペティオンの言葉は皮肉のようだった。やりすごしてから、ルイは始めた。

「それでは聞くが、私はどうなるね」

二人の議員は二人とも怪訝な顔だった。意味がわからなかったらしい。自分でも唐突である気はしたし、実際どう切り出そうか迷わないではなかった。が、フランス王らしくと考えると、やはり単刀直入に聞くのが一番である気がしたのだ。

「つまり私が聞きたいのは、どんな処分を受けることになろうかと」

あるいは愚問であるかもしれない。それ以前にフランス王たるもの、誰か他者から処分されるというような言葉遣いは避けるべきだと、我ながらに抵抗感を禁じえない。それでもルイは探らないではおけなかった。ああ、私は馬鹿ではない。

――けれど、機転が利くほうでもない。

ルイは自分の弱点を自覚していた。それを補う術《すべ》のほうも心得ていた。事前に最大限の情報を集めて、しっかり熟慮すればよいのだ。繰り返し繰り返し考えて、あらかじめ最善の方法を割り出しておくのだ。

必要な情報を正しく集められるなら、自分は滅多に失敗する人間でないのだと、ある種の自信もルイにはあった。だから、今回も聞かないではいられない。こたびの逃亡の失敗は只《ただ》では済まないと、王妃に警告したいのならば、それより先に自らが最大限の熟慮をもって、それに対処する術を見出《みいだ》しておかなければならない。

10——朗報

「はん、処分など決まっておりません」

ペティオンの返事は、にべもなかった。事情聴取はパリに帰ってからと、先ほど申し上げました。まだ事実関係も明らかにされていないのに、処分など決められるはずがありません。

「それはそうだろうが、なんというか、諸君らの見通しであるとか、議会での下馬評であるとか、そういった程度で構わないから、できるだけ早く耳に入れておきたいと」

「そう申されましても、ねえ」

「やはり廃位は免れないかね」

そう言葉にすると、ひとつ置いた向こう側の席に、びくと痙攣《けいれん》する気配があった。マリー・アントワネットの耳には、衝撃的に響いたということだろう。なにごとも簡単に考える女であれば、そうまで深刻な事態はちらとも想像したことがなかったのだろう。

――この私は考えていた。

あのパリの激した雰囲気から推しても、この帰路の群集の剣幕から推しても、少なくとも廃位の声くらいは上がるだろうと、それがルイの予想だった。とはいえ、過酷にすぎる仕打ちに、あっさり絶望するならば、それまた逃げだ。

逃げないと心に決めたヴァレンヌからの道々で、ルイは考えていた。確かに一通りの逆風ではない。が、一縷《いちる》の望みも抱けないわけではない。まだ王家に好意的な人々はいる。それを巧みに利用できれば、あるいは次善の策が立つ。ああ、この私は廃位されてもかまわない。

――フランスの王位は息子に譲ればよいのだ。

表情は眉《まゆ》ひとつ動かさず、ルイは反対側の窓際で王妃の膝《ひざ》に抱かれている息子のことを思った。みなくとも、ふっくらした頰《ほお》の愛らしさが目に浮かぶ。こみあげる実感は温かなものだった。ああ、私は幸運な男だ。ああ、息子がいるからだ。次代に王位を譲れるなら、この一身が廃《すた》れようとも、ひとつも慌てる必要がない。

――ただ、そのルイ十七世の御代《みよ》においては……。

できれば自分が王の後見になりたいと、それがルイが考える次善の策だった。

これだけ幼い王の即位となれば、きっと摂政《せっしょう》が立てられる。常識で考えれば、太后マリー・アントワネットの出馬となろうが、昨今の議会の雰囲気からして、自由主義で知られたオルレアン公のほうにと、はたまた王族であるなしにかかわらず適任者をということで、この際はラ・ファイエット侯爵にと、そんな大それた話にも流れかねない。だから摂政のほうは、形ばかりの名誉職というふうに運んでいく。

――後見の私こそが事実上の王として、院政を敷けばよいだけのこと。

だからこそ、ルイは今から感触を探りたかった。廃位の処分もテュイルリ内にて隠居謹慎というくらいなら、なにも慌てる必要はない。が、そのまま国外追放に処されるというならば、いくらか算段しなければならない。かかる厳罰を避けるためなら、廃位を待たずに自《みずか》ら退位に踏み出して、あらかじめ世の反感を和らげておくことも……。

「いや、実際のところ、こたびは私にも反省するべき点が多々あり……」

「無罪放免であるやに」

答えたのは、バルナーヴだった。言葉を遮られたまま、ルイは絶句を余儀なくされた。

というより、空白に捕われた。意味がわからない。この若い議員は、なにをいった。あるいは私の聞き違いということなのか。でなければ、なにか早とちりしてしまったのか。とんちんかんを聞いてしまったのは、そうした頭の混乱のせいだった。

「まさか王政そのものが廃止されるというのか」

「いえ、王政は存続いたしますよ」

バルナーヴは変わらない微笑だった。その左右の瞳《ひとみ》のなかに、ルイは瞠目《どうもく》の表情で震えている二人の自分を発見した。ひどく場違いな印象だった。ああ、そうか。ここは私も笑うべきところなのか。

――いや、違う。

視野を大きくしてみると、バルナーヴは笑みの表情も、目までは笑っていなかった。さらに言葉を続けたときには、もう論戦を覚悟していたかもしれない。

「王政といって、もちろん立憲王政になりますが」

「というか、陛下、よろしいですか。陛下に御咎《おとが》めなしとすれば、その立憲王政のためなのです。もっとも、バルナーヴ議員がいう立憲王政というのは、私たちには金満政治にしかみえないのですがね」

肩を竦《すく》めるペティオンは、またも皮肉たっぷりだった。が、斜に構えた冷笑の素ぶりも、そこまでだった。そこからは、まっすぐすぎるくらいの憤慨の呻《うめ》きだった。

「いや、馬鹿げている。全くもって、馬鹿げている。憲法は議会を通りさえすれば、それでいいってわけじゃない。中身の議論を詰めずに、形ばかり成立させたからと、それが一体なんになる」

もちろん、バルナーヴもやられるままにはしていない。

「もしやペティオン議員は、今から憲法を造り直せと仰るのですか」

「いうまでもない。あんな憲法ではフランスのためにはならない」

「御言葉《おことば》ですが、憲法の成立は必ずやフランスのためになりますよ」

「なるかね、あんな笊《ざる》のような憲法で」

「その種の御発言は控えられたほうがよろしいですよ、ペティオン議員。政治というものを知らないと、自ら白状するようなものですからね。ええ、憲法が成立すれば、革命は確固たる基礎を得ます。激震したフランスは、ようやく安定するのです」

「はん、ミラボーのようなことをいうね。議会第一の雄弁家が死んで、ならばと第二の自分が昇格して、そのまま巨人の後釜《あとがま》に座ろうというつもりかね、バルナーヴ議員」

「そんなことをいったつもりは……」

「はっきりさせておくが、バルナーヴ議員、あのミラボーだって、こんな恥知らずな嘘《うそ》は口にしなかったぞ」

「ちょ、ちょっと、よろしいですかな」

ルイは介入を試みた。さもなくば、二人の議員の口論は際限なく続いてしまいそうだった。が、依然こちらは意味すら容易に取れないのだ。

「なにが恥知らずなのです。どんな嘘があるというのです」

そう質《ただ》すと、バルナーヴは笑顔を作りなおしたようだった。そうですな。順を追って説明しないでは、陛下にはなにがなにやらわからないことになりますな。

「六月二十一日の朝、テュイルリが蛻《もぬけ》の殻になっていることがわかり、パリは騒然となりました。議長ボーアルネ子爵の号令で、憲法制定国民議会も急ぎ開かれまして……」

「待ちたまえ、バルナーヴ議員。それを陛下に話してしまうのか。事情聴取も済んでいない今の段階で」

「別に差し支《つか》えありますまい」

「しかし、そんな嘘を前提にして、供述を変えられるようなことがあっては……」

「いい加減に言葉を慎んでください、ペティオン議員。これは議会の公式見解ですよ」

「それは……」

なにか大声で怒鳴りかけて、ペティオンは虚《むな》しく空気ばかりを嚙《か》んだ。前のめりにまでなった身体《からだ》を、座席の背もたれに戻しながら、王妃マリー・アントワネットでないながら、ふてくされたように小声で吐き捨てるだけだった。

「はん、世も末だよ、本当に」

それを敗北宣言と受け止めたか、先を続けたバルナーヴは勝鬨《かちどき》でも上げているようだった。ええ、そうなのです、陛下。パリに残された諸々《もろもろ》の痕跡《こんせき》から判断して、我々議員一同は、ひとつの結論に達したというわけなのです。

「すなわち、国王ルイ十六世と御家族は、なにものかに誘拐されたに違いないと」

またルイは聞き返しそうになった。誘拐ですかと。誰が誰の身柄を略取したのですかと。というか、それは誰の話なのですかと。

こちらに口走られるのを恐れるかのように、バルナーヴは早口で続けた。

「ルイ十六世の誘拐事件は、恐らくは反革命の輩《やから》の仕業《しわざ》だろうと」

「………」

「この不埒《ふらち》な犯罪の、陛下は被害者であられるというわけです」

無罪放免というのは、そういった意味です。念のために付言しておきますと、議会が全土に発した書面にせよ、陛下の逮捕命令などでなく、陛下の奪還命令だったのですよ。

はっきりした声と言葉で結ばれて、なおルイは話を咀嚼《そしゃく》するのに数分の時間を要した。

――が、いったん呑《の》みこんでしまえば……。

これほどの朗報もなかった。できることなら、ルイはバルナーヴの身体をどけて、ペティオンの目も構わず、王妃マリー・アントワネットに抱きつきたかった。やりましたよ、マダム。見事、ふりだしに戻りましたよ。ええ、逃亡の失敗は金輪際ないことになったのです。起きたのは誘拐事件ということになったのです。そう声のかぎりに繰り返しながら、妻の左右の頬《ほお》に接吻《せっぷん》の嵐《あらし》でもくれてやりたくなったのだ。

――にしても、なるほど、まさに恥知らずな嘘だ。

好んでつきたい者もないくらいの嘘だ。今この瞬間とて声に出したバルナーヴ自身が、内心忸怩《じくじ》たる思いであるはずなのだ。が、それほどの破廉恥《はれんち》を、あえてする。そのこと自体に、王とその家族を守るのだという意志の固さが表れていた。

──どうして守ってくれるのか。

その詳《つまび》らかな理由は再び知れなかった。それだから突き詰めたいとも、このときのルイは考えなかった。果てにある答えは、ひとつきりだからだ。ああ、この私には守られるだけの価値がある。フランスの王だからだ。他に代われる人間もないからだ。いても構わないと、消極的に容認されるに留《とど》まらない、いてもらわなくては困ると、積極的に求められるくらい、この国には欠くべからざる存在なのだ。

少なくとも、そう考える人々はいる。富裕で有力な人々である。恐らくはフランスの実権を握る人々でもあるだろう。ああ、なんとなくだが、話がみえてきたようだ。それも私にとっては、悪くない話のようだ。大騒ぎできないかわり、ルイは密《ひそ》かに、それでも強く拳《こぶし》を握りしめた。

──逃げなくて、正解だった。

逃げなければ、幸運は向こうからやってくる。それが人生の綾《あや》というものかもしれないと、教訓めいた感慨まで呟《つぶや》きながら、ようやくルイは大きく安堵《あんど》の息を吐いた。

──終わってみれば、良い旅だったといえるかな。

そうも結んで、ルイはひとまず重畳《ちょうじょう》とした。少なくとも無駄ではなかった。というのも、自分の価値を確かめることができたわけだしね。フェルセンなんか下らないとわかったあげくに、フランス王という至高の位は、そこに安住してよいものなのだと、いわば革命そのものに御墨付《おすみつ》きをもらえたようなものだしね。

「急に腹が空《す》いてきたな」

食事から三時間もたたないのに、ルイは空腹の苦痛を声に出して訴えた。ああ、次の停車で夜食が出ると嬉《うれ》しいのだが。いや、それまで待てないかなあ。なにか少しでも腹に入れて、とりあえず落ち着きたいなあ。えっ、なに、ペティオン君は鶏肉を持参と。できれば、私にも一本馳走《ちそう》してくれないか。ああ、そうかい、悪いね。だったら、遠慮なくいただくことにするよ。いや、大食いと呆《あき》れないでくれたまえよ。だって、それくらいの健啖家《けんたんか》じゃないと、とてもじゃないが、パリじゃあやっていけないだろう。

11——仕事

「サント・ムヌーに到着するや、ルイ十六世は急ぎ食卓につき、ご当地の名物料理である豚足を注文なされた御様子、その間にパリの国民衛兵は疾風《はやて》のごとく馬を走らせ、つまるところ、旺盛《おうせい》きわまりない御食欲こそ、王冠を頭に載せたサンチョ・パンサの命運を尽き果てさせた下手人というわけで……」

読み返せば、我ながらに傑作だった。げらげら下卑《げび》た笑い声まで、今にも聞こえてきそうだった。

実際のところ、ヴァレンヌで国王逮捕の速報が伝えられるや、その二十二日のうちに書き上げ、刷り上げた『フランスとブラバンの革命』の号外は、並みいる有力紙に勝るとも劣らない受け方になった。

「ああ、デムーランが書くものは、ぴりりと風刺が利いてるよ」

「物事の本質をつかんでるというか、わかったような気にもなるしな」

「当たり前だろ、一七八九年七月の英雄だぜ。あの夏の日にパリを奮い立たせたエスプリが、そうそう簡単に萎《しお》れちまってたまるかい」

パリの巷《ちまた》の好評を寄せられれば、もちろん嬉《うれ》しい。が、それと同時にデムーランは後ろめたさも感じないではおけなかった。ああ、また僕は書いてしまった。調子づくまま筆を走らせ、また大衆に受けるくらいに過激な文言を書き連ねてしまった。

――もう追い詰められた貧乏作家じゃないというのに……。

こんな書き方はやめようと、心に誓ったはずなのに。はああと溜《た》め息をついてから、デムーランは仕事用の大卓を後にした。

六月二十五日になっていた。石材の照り返しで、その日のパリも暑かった。リュクサンブール公園の緑があるので、暮らしているフランセ座の界隈《かいわい》には涼しい風も吹くのだが、取材してきたテュイルリのほうは、まさにうだるような暑さだった。

せっかく足を運んだにもかかわらず、その日の議会は早めに審議を切り上げてしまい、無駄に汗をかいたような悔しさもないではなかった。

――いや、今日のところは、これからが本番か。

壁の時計を確かめると、長短の針は午後六時に近づいていた。ああ、そろそろだ。また出かけなければならない時間だ。自分で上着を取ろうとすると、先んじて走る影があった。こちらに振り返りながら、愛らしい笑顔まで向けられてしまった日には、やはりというか、罪悪感にも酷似する息苦しさから逃れることができなかった。

「カミーユ、今夜も遅いの」

上着を手渡しがてらに確かめるのは、いうまでもなく妻のリュシルだった。受け取りながらの笑顔が、中途半端なものになりはしないかと、それがデムーランの心配だった。

「いや、そんなに遅くはならないつもりだけど」

「いいのよ、遅くなるなら遅くなるで。ダントンさんたちと大切な話があるのじゃなくて」

「いや、それなら昨日の夜までで片づいたんだ」

「そう。けど、もし誘われたら、わたしのことなんか気にしないで、いってらっしゃい。どうせ、カフェ・プロコープなんでしょ。御近所だもの」

嫌味たらしいところは皆無だった。リュシルは理解ある妻だった。女が男の仕事を献身的に手伝うだなんて、普通は結婚するまでの話なもんだがなあと、ダントンにも、マラにも首を傾《かし》げられながら、今も変わらず力を尽くしてくれる。

自分の夫は価値ある仕事をしている、意義ある役割を担っていると、そう信じて疑わないようなところもある。それを助けられないばかりか、万が一にも自分のせいで損なうようなことがあっては、まさしく妻の沽券《こけん》に関わる話ではないかと、普段から神経を張り詰めさせる勢いなのである。

だから、こちらのデムーランも思わずにはいられない。いつも留守ばっかり、いつも仕事ばっかりと、けんけん金切り声で責められたほうが、どれだけ気が楽だろうかと。デムーランのほうは仕事に迷いがないではなかった。日を追うごとに懊悩《おうのう》の度は増して、今や嘘《うそ》にも快活な風を装えないくらいだった。

リュシルのせいにしてはいけないと、そのことは理解しているつもりだった。そういう女であることは、はじめからわかっていた。自分がなにをやろうとも、必ず応援してくれる。理解しようとも、努めてくれる。わかっていた。わかっていた。ならば己の選択ひとつではないのかと、いつだってデムーランは自問に帰り着くしかないのである。

――平和な家庭を築く。

静かな毎日を送る。いうなれば凡人の幸福を取るのだと、本当なら今さら問うまでもないはずだった。ああ、とうに決めている。結婚したとき、決意している。

――なんとなれば、政治は危険だ。

議会で告発されるという経験から、デムーランは思い知った。ああ、危険きわまりない。世人に囃《はや》されるまま、過激な大衆紙など続けていては、そのうち大袈裟《おおげさ》でなく命の危険に曝《さら》される。

英雄気取りの報いで殺されてしまう運命とて、自分ひとりというなら恐れるものではなかった。が、念願の相手と結婚できた今にして、自《みずか》らの破滅を想像すれば、大切なリユシルをどれだけ悲しませることかと、それを恐れないではいられないのだ。

――でなくても文章というものは、ひとを傷つけることがある。例えば大衆の人気を獲得しようと、金満家連中を罵倒《ばとう》同然に扱《こ》き下ろすなら、リュシルの実家が喜ばない。デュプレシ家は穏健なブルジョワ家庭だからだ。そういう一門と縁続きになったといえば、あえて大衆紙に手を染める理由もなくなっているのだ。もう生活に困るわけでもない。すでにして金持ちの仲間入りを果たしている。週末にはパリ郊外に構えられたデュプレシ氏の別荘で、悠々自適の休日をすごすことだってできる。なにを好んでパリの雑踏に舞い戻り、一部いくらで新聞を売らなければならないのか。それも少しでも売り上げを伸ばさなければならないと、大袈裟な風刺を交えた挑発的な文言を捻《ひね》り出すことで、無理にも世人の耳目《じもく》を惹《ひ》こうとしながら。

――なんの意味もない。

デムーランは自分を突き放していた。無意味なばかりか、子供じみている。自儘《じまま》の誹《そし》りも免れない。だから、もう新聞は止《や》めるとはいわないが、無難に時事を報道する中堅紙として、良識ある家庭に御愛顧いただければ、それでよいではないか。

――革命家カミーユ・デムーランは金輪際で沈黙する。公《こう》に事実上の沈黙を決めながら、私《し》の幸福を追求する。そんな風に自分の仕事を割り切れば、デムーランも男である。一抹の淋《さび》しさは感じないでなかった。それでも心を決められたのは、やはりと奮起しようにも、思うような活躍はできなさそうだったからだ。

──もう僕なんかの出る幕はない。

じきに政治の季節は終わると、それがデムーランの観察だった。青春をかけた革命は、見事に結実するだろう。ほんの一握りが幸福を独占していた不幸な国は、ほどなく万人が満足できる社会に生まれ変わるだろう。そうなったら、誰かを責める理由がない。何かを疑う機会もない。したがって、自分ごときが張りきる必然性がない。

──となるはずだった。

それが最近なんだか様子が違ってきた。違ってくるはずで、フランスの新時代を拓《ひら》くはずの男がいなくなった。これとデムーランが見込んだ革命の巨人が逝ってしまった。

──ああ、ミラボーは死んだんだ。

だから、そろそろ僕も行かなくちゃ。そうリュシルに断りながら、デムーランは部屋を出た。薄暗い階段を下りるほど、どんどん気持ちが沈んでいく。

もう三カ月近くになるというのに、まだ無念を払拭《ふっしょく》できない。なんとなれば、ミラボーさえ生きててくれれば、こんな風に悩むことはなかったのだ。革命のことは全て任せて、こちらは夫婦で静かに暮らすことができたのだ。騒ぎたくても、騒げるだけの事件など、ひとつも起きないはずだったのだ。

──すっかり安心していたのに……。

ミラボーの死は仕方がない。デムーランが業腹《ごうはら》なのは、なお生きている人間のほうだった。ああ、あの巨人が剛力で抑えつけていないとなると、とたん勝手な真似《まね》を始める。いや、いくら箍《たが》が外れたからといって、誰も彼もが、どうして、こうも出鱈目《でたらめ》なのか。

「まずは王だ」

ルイ十六世が家族を連れて、テュイルリ宮から逃亡した。衝撃の報は六月二十一日の朝八時には、もうパリ中に知れわたった。教会という教会が警鐘を鳴らしたからだ。

いや、なにごとが起きたのか、最初は杳《よう》として知れなかった。結婚してからというもの、デムーランは規則正しい生活で、その日その時刻にはリュシルと二人で朝食の最中だった。なんだろう。また誰か亡くなられたのかしら。あるいは要人が暗殺されたのかもしれないな。そんなことといって、恐ろしい話だわ、カミーユ。といって、この鐘の鳴らされ方は尋常じゃないよ。ポン・ヌフの砲台だろうけど、さっきは砲声まで聞こえたからね。

「ちょっと、みてくるよ」

そうやって夫婦の朝食を切り上げたのが、運の尽きだったかもしれないな。ドーフィーヌ通りの坂道を下る間も、デムーランは口元でぶつぶつやらずにおけなかった。

思い留《とど》まろうとして、思い留まれないではなかった。なにが起ころうと、所詮《しょせん》は他人《ひと》事《ごと》だと割り切れれば、こんな風にのめりこむこともなかった。ああ、やはり、あの二十一日の朝なのだ。外に飛び出していったが最後、ということだったのだ。それが証拠に今も足が速いじゃないか。

12——パリの騒ぎ

我ながら気味悪いほど、すたすた勝手に速く歩く。

あの前日の六月二十日までは、こんな急ぎ足ではなかった。坂道では勾配《こうばい》に背を押されざるをえないにせよ、それもポン・ヌフまで下りてしまえば、自然とゆっくりな歩みになった。

むしろ遅々として、なかなか前には進んでいかなかったくらいだ。一応は仕事なのだからと、騙《だま》し騙しに足を運んだほどなのだ。

なんとかセーヌ河を右岸に渡り、ゆるゆるサン・トノレ通りに折れて、まだ先が残っている。そんな風に閉口したものが、なんたることか、もう頭上が暗くなって、ハッとみやればテュイルリ宮の大時計棟である。

調馬場《マネージュ》のほうに議会が置かれているので、テュイルリは日々の取材活動を行う、いわば職場にすぎなかった。とうに通い馴《な》れて、なに珍しいものもなく、退屈とさえ感じていたからこそ、そこまでの道程が長かった。それが、あっという間の到着なのだ。

「………」

サン・ニケーズ通りから、ちらと覗《のぞ》いたかぎりなのだが、今夕のテュイルリは人影も疎《まば》らだった。低く射しこむ西日に照らし出されながら、宮殿のほう、鉄柵《てっさく》で仕切られたカルーゼル広場に集合して、数個中隊の国民衛兵隊が整列しているだけだ。

──あの朝のテュイルリは黒山の人だかりだった。

パリで警鐘が鳴らされれば、人々が集まるのはパリ市政庁が鎮座するグレーヴ広場か、さもなくば議会が置かれるテュイルリと相場が決まる。デムーランが自然と後者を選んだのは、通い馴れていたからと、それくらいの理由でしかなかった。

大勢が集まる大騒ぎも、パリでは日常茶飯事である。いつもと違っていたのは、やたら看板が壊されていたことくらいのものだった。

なにをやっているのかと尋ねると、御用商人の看板を外してきて、王家の紋章を削りとっているところだと、無許可で百合《ゆり》の模様を使っていた看板も、気に入らないことは同じだから、一緒に叩《たた》き壊しているところだと、そういった答えだった。

「けれど、どうして王家の紋章を」

「あんた、知らねえのかい。ルイ十六世がパリから逃げ出したんじゃねえか」

フランスを見捨てたんじゃねえか。外国に売り渡しにいったんじゃねえか。ひとりが激昂《げっこう》の調子で始めると、何人もが興奮しながら寄せてきて、デムーランは無理にも国王逃亡の顚末《てんまつ》を知らされた。

最初に異変に気づいたのが侍従のルモワーヌで、いつも通り午前七時の起床にルイ十六世を起こそうとして、空の寝台を発見したのだとか。もしや王妃の部屋かもしれないと訪ねたところ、マリー・アントワネットの姿まで消えていたのだとか。もしやもしやと国王一家と近臣の所在を確かめると、さらに王妹、王女、王子、それにトゥールゼル夫人、ヌフヴィル夫人、ブリュニエ夫人の三養育係までいなくなっていたのだとか。

——確かに大事件だ。

とは、デムーランも思った。国王が逃亡した。幾百年も王国の民として暮らしてきたフランス人の心には、それだけで大きすぎるくらいの打撃だった。

現実的な危惧《きぐ》としても、これで亡命貴族どもが勢いづく、いよいよルイ十六世を旗頭に外国の軍隊を招き入れる、フランスを取り戻そうと攻めてくると、不愉快な事態を案じないではいられなくなった。

——けれど、それだけのことだ。

デムーランには正直ホッとしたような印象もあった。あるいは刹那《せつな》に覚えたのは、肩透かしを食らわされたときのような、ある種の落胆だったかもしれないが、いずれにせよ騒ぎ続ける人々のようには熱くならなかった。

――僕は感情に支配されるばかりの大衆じゃない。大衆を導くほうの立場だ。それで人々を見下すということでなく、一緒になって他愛《たわい》なく狼狽《ろうばい》しながら、出来事の意味を読み違えるようでは、自覚が足らないことになるというのだ。

「王が赤字夫人を連れていなくなったと、それだけの話じゃないか」

デムーランが吐いた当座の言葉に、きちんとした理屈を与えようとするなら、数日のうちにロベスピエールが発行した論説から引用するのが、最も簡単な方法になるだろう。

「国家の筆頭吏員《りいん》が逃亡したからといって、それが破滅的な事態を招くなどと、どうやっても私には思われてこないのです」

その通りだと、デムーランは全面的に賛成だった。もはやアンシャン・レジームではない。今や王が全てを国家の歯車として動かすのでなく、王もまた国家の歯車のひとつにすぎない。気まぐれでいなくなられたところで、フランスの公的機能が麻痺《まひ》してしまうとは思えない。土台がルイ十六世など、存在感を薄くするばかりだったのだ。

――リュシルのところに帰ろうかな。

実際、デムーランは今にも踵《きびす》を返すところだった。が、あれやこれや話しているうちに九時になった。議会が開かれるということになれば、覗かないでいく法はない。この国王逃亡事件についても、なんらか声明が出されるかもしれないからと、とりあえず傍聴席を占めてみたところ、がんと鈍器で頭を殴られる思いを味わわされたのだ。

議長アレクサンドル・ボーアルネは議事の冒頭で報告したものだった。

「国王とその家族の一部が昨夜、公共の敵の手により誘拐されてしまいました」

王がいない。が、それは自ら逃亡したものではなく、むしろ意に反して拉致《らち》されたものである。そうした議長の報告は、当然ながら議場のどよめきを招かずにはおかなかった。デムーランにしても前屈《まえかが》みで、椅子《いす》から腰を浮かせかけた。それなら話が違うからだ。それなら大事件だからだ。それなら詳しい話を聞かずにおれないからだ。

ところが、誘拐の話はそれきりだった。

憲法制定国民議会とパリに残された大臣が暫定的に執行権を掌握すること、パリの市門ならびにフランスの国境は早急に閉じられるべきこと、武器弾薬の国外持ち出しが禁じられるべきこと、そして国王とその家族の身柄を奪回するべく捜索隊が派遣されるべきこと等々と、議事ばかりがどんどん進められようとした。

「ちょっと待て。王が誘拐されたというのは、本当に本当なんだろうなあ」

「確かな話だというなら、なにか証拠を出してみせろ」

議席から、傍聴席から騒がれて、議長ボーアルネは慌てた。秘書を呼びつけ、ぼそぼそやっているうちに、なんとも場違いな感じで議場を訪れたのが、テュイルリ宮の侍従ラポルトという男だった。

「こんなものが発見されました。置き手紙のようです」

そうした言葉で紙片が提示されたときは、もしや犯行声明か、やはり誘拐事件だったかと、皆が固唾《かたず》を呑《の》んで聞き入る体《てい》になった。が、なんたることか、それも読み上げられてみれば、筆者はルイ十六世その人だったのだ。

「題して、『パリを後にするに際して、あまねくフランス人に宛《あ》てる王の言葉』か」

一七八九年だけを取り上げても、五月には全国三部会を召集し、また第三身分代表議員の定数を倍増し、六月には三身分の合同審議を命じ、七月にはパリの軍隊を引き揚げさせ、また自らパリを訪れたり、ヴェルサイユから逃げなかったりしたのだから、自分が開明的な君主であることは明らかだとか、それなのに酷《ひど》い侮辱を加えられたとか、認めがたい憲法が制定されつつあるとか、その内容も逃亡の弁明そのものだった。

当然ながら、議会は大荒れになった。

「やはり逃げたんじゃないか」

「誘拐だなんて、嘘じゃないか」

「いや、陛下の名前が使われただけかもしれません」

弁護を試みたのが、バルナーヴだった。土台が陛下御自身の筆跡ではないわけです。自ら書かれた部分があるとすれば、最後の署名だけなわけです。

「誘拐犯が無理矢理に書かせたものかもしれません。あるいは力ずくではなかったとしても、他の書類であるかのように陛下を騙したとか……」

「なにいってる。いかにもルイ十六世がいいそうなことじゃないか」

「そうでしょうか。いや、百歩譲って、そうだとしましょう。手紙の内容にまで陛下御自身の関与があったとしましょう。けれど、その際に奸臣《かんしん》の教唆《きょうさ》など一切なかった、一から十まで陛下の作文だったと、そう断言できるだけの根拠がありますか」

バルナーヴは必死にみえた。ミラボー亡き今、議会一の雄弁家の評も動かない人物が、弁舌のかぎりを尽くしているのに、その姿は滑稽《こっけい》なようでもあった。

見え透いた、あまりにも見え透いた嘘を守ろうとしている。普通は冗談口としてしか受け止められないような理屈を、無理にも議会に通用させようとしている。そうした強引な印象ばかりが後に残った。

「とにかく、です。とにかく、ここは急ぎ捜索隊を出すことにいたしましょう」

ボーアルネ議長が強引に結んで、一時休会となった。その捜索隊についていえば、議会の審議が始まる九時より先に、もうラ・ファイエットが出発させたようだった。

13――シャンゼリゼ

――前もって謀《はか》っていたな。

議会が始まる前に脚本を書いたのは、やはりというか、議長のボーアルネ、国民衛兵隊司令官ラ・ファイエット、パリ市長バイイ、それにダンドレ、バルナーヴといった数名の有力議員ということだった。

――にしても、どうして王を庇《かば》うのだ。

はじめデムーランは首を傾《かし》げた。それまで王家の擁護、王権の護持といえば、専《もっぱ》らミラボーだった。これに対して、バルナーヴ、さらにデュポール、ラメットと加えた三頭派は、むしろ反対の立場だった。ブルジョワ中心の世のなかを造りたいからだ。王に力を残して、それを牽制《けんせい》されるようでは困るからだ。

何を考えているのか知れない、あるいは何も考えていないラ・ファイエットやバイイにしても、かかる方向性自体に異存はないはずだった。

「憲法制定国民議会が力を尽くしてきた成果を、ここで無に帰してよいのですか」

とも、バルナーヴは言葉を重ねた。

雄弁家は夜にはジャコバン・クラブでも熱弁だった。ええ、国王がいなくなったから、それがなんだというのです。なるほど執行権の長ではありますが、その意味では一吏員《りいん》にすぎない。忽然《こつぜん》と姿を消した真相が、逃亡であろうと、誘拐であろうと、それまた国家の進路を決定するものではない。国父に見捨てられただの、誓いを裏切られただの、もうフランスは御終《おしま》いだのと、良識ある我々までが有象無象《うぞうむぞう》の大衆と同じ騒ぎ方をするべきではないのです。

「今こそと意を砕くべきは、間近に控えた憲法制定のほうだ。我々が長らく祈念してきたように、このフランスに速やかに立憲王政を打ち立てることだ」

なおデムーランは容易に合点ならなかった。どうして、そういう話になる。誘拐だなんて大嘘《おおうそ》をついてまで、ルイ十六世を庇うことと、全体どういう関係がある。

首を傾げていたところに、耳打ちしたのが旧友ロベスピエールだった。それも苦々しい口調でだ。

「要するに、だよ。王がいなくては、立憲王政にならないというわけさ。なんとしてもルイ十六世を連れ戻して、玉座に祭り上げなければならないということさ」

「というが、マクシム、それとこれとは全く別な話だろう。政体における王の位置づけは位置づけで、別に変える必要はないのじゃないか。いや、あるいは変更の議論あるべきなのかもしれないが、ルイ十六世の失踪《しっそう》は失踪で、これまた別に吟味あるべきなんだ」

「その通り、まさに正論だよ、カミーユ。しかし、だ。連中としては、下手《へた》に真相を究明して、揉《も》めたくなんかないわけさ。廃位だの、国外追放だの、そんな大それた話にはならないにせよ、時間ばかりは食わずにおかないだろうからね。この九月に憲法制定という日程ばかりは、どうでも狂わざるをえないからね」

「日程だなんて、まさか、そんな目先の利害で……」

「連中、まとめにかかっているからね。もう反撃の機会は与えたくないのさ、私たちに」

「というのは」

「私たちには、こだわってきた課題がある。いうまでもない、マルク銀貨法さ。あの悪法を是が非でも廃案にすることさ。反対に連中としては、このまま済《な》し崩《くず》し的に成立させてしまいたいのさ」

ロベスピエールの物言い自体は近視眼的だった。が、きっかけにして視野を広げれば、デムーランにもみえてきた。

選挙権、被選挙権を納税額で区分する、いわゆるマルク銀貨法という選挙法は、富めるブルジョワ中心の国を造る手続きである。それを一気に遂げてしまいたい。王の失踪などという突発的な事件に邪魔されたくはない。誘拐でも、拉致《らち》でも、なんでも構わないから、適当な名分を拵《こしら》えて、それを不問に付すことで、予定の政治日程を滞りなく進めたい。

——速やかに自分たちの天下を築きたい。

王を庇うというより、それが三頭派の真意であるようだった。

——許せない。

デムーランの奥底で、かっと火が燃え上がった。

いや、三頭派の天下が来て、ブルジョワの利益が図られて、それでは貧しき庶民のためにはならないとは、決めつけられた話でないのかもしれなかった。ロベスピエールの言い分こそ、がちがちの正論なのであって、あるいはミラボーが存命していたとしても、同じような政治を進めるのかもしれない。政策の現実性については認めるところもありながら、なお三頭派だけは許せないと思うのは、そのために王の誘拐などという、ひとを馬鹿にしたような嘘を、本気で通用させようとしているからだった。

——そのとき正義はどこにある。

デムーランが発した問いは、もう直後に自分に返ってくるものだった。ああ、カミーユ、おまえは恥ずかしくないのか。正義がないことに、どうして一番に気づかないのだ。

ブルジョワきどりで、余裕の高みの見物を決めこんだからではないのか。大衆と怒りを共有しなかったからではないのか。それが愚かな振る舞いであったとしても、まず渦中に飛びこまないでは、自分だって賢くなれるわけがないではないか。

――それとも、カミーユ、おまえは沈黙を守るのか。

デムーランは袖《そで》で額の汗を拭《ふ》いた。やはり、暑い。歩き続けた道のりも、もうフォーブール・サン・トノレ通りだった。

とはいえ、ここに来て、いくらか風が吹いてきた。モンバゾン屋敷、コンタ屋敷、グーブリアン屋敷、シャロフ屋敷、デュラス屋敷と、今は無人の貴族の館《やかた》が左右に連なるだけだからだ。いや、それもルイ十五世の寵姫《ちょうき》、かのポンパドール侯爵夫人が持っていたエヴリュー館を最後に、あとは田畑が広がるばかりになる。

そのエヴリュー館だが、別に「エリゼ宮」とも呼ばれていた。こぢんまりしたものながら、宮殿よろしく趣味のよい庭園を備えているからだ。

通りを左に折れて、それをデムーランは横切ることにした。芝生を踏んで抜けた先が植樹がえんえん並んでいる、いわゆる「シャンゼリゼ」だった。

――パリの人々が集まるのも、今日は此処《ここ》だ。

やはり、びっしりの人出だった。シャンゼリゼを東西に貫いているテュイルリ大通りの際《きわ》に至るまで、群集は文字通りに木の幹と幹の間を埋め尽くす体《てい》なのだ。恐らくは通りの反対側も同じで、セーヌ河岸の堤防まで立錐《りっすい》の余地もないくらいだろう。

木登りで遠見という輩《やから》も少なくなかった。都心からは多少あるため、馬車で乗りつけた向きもいたようだが、それも停車したが最後で足の置き場があるかぎり、人々に屋根に上られていた。

――この雑然とした感じ……。

場所は違えど、まずはパリの集会風景といえる。

人垣を縫いながら、デムーランはテュイルリ大通りまで出た。警備の国民衛兵隊が整列して、左右の沿道を固めていた。その背中を撫《な》でるようにしながら、西へ西へと向かっていくと、あちらからも夕陽を遮る大きな影がやってきた。逆光で顔はみえなかったが、その正体は疑うまでもなかった。

「遅いぞ、カミーユ」

遅刻を咎《とが》められるのは仕方ないが、それにしても声が大きい。ったく、またリュシルとちちくりあってきやがったな。おまえら、どんだけやったら飽きるんだ。

「モンソーの市門まで来たぞ、モンソーの市門まで来たぞ」

そのままの声量で、そうも人々に触れながら、ずんずんとやってくる。済まないと短く遅刻を詫《わ》びてから、デムーランも始めた。

「それで、ダントン、どうなんだい、首尾のほうは」

「上々に決まってる。はん、俺《おれ》さまを誰だと思ってやがる」

今回はシャンゼリゼに集まれと、こたびの集会を組織したのもダントンだった。人脈を利用して、諸街区に働きかけ、これだけの人数を集められる男となると、この大パリを探して、二人といるものではない。デムーランは茶化して答えた。

「俺さまこそ事実上のパリ市長と、そういいたいんだろう、ダントン」

「いやいや、俺など、がはは、コルドリエ街の帝王で十分だ」

がはは、がははと豪快に笑われて、こちらのデムーランは苦笑で受けるしかなかった。

14——沈黙

コルドリエ街がパリの震源地であることは確かだった。六月二十一日の顚末《てんまつ》に続いては、やはり大騒ぎになっていた。

「独裁官を選ぼう」

王がフランスを捨てたなら、この混乱の政局を一時的にも収拾するため、独裁官を選ばなければならない。なんなら自分が就任するのもやぶさかでないと、そう論陣を張ったのがマラだった。

「マラ先生の登板は冗談として、だからといって、ラ・ファイエットの野郎に頼みたいわけじゃねえぞ」

そう切り返して、これを機会とダントンが狙《ねら》いを定めたのは、かの「両世界の英雄」の追い落としだった。

三頭派の裏の作為にも触れなければ、マルク銀貨法のマの字も出さず、問題をわかりやすく一本化することで、大衆を思うがままに糾合《きゅうごう》してしまう。いつもながらの手腕は、さすがというべきだった。

「てえのも、テュイルリの警備は国民衛兵隊の受け持ちだぜ。あの太っちょ陛下が、そいつを突破して逃げたってんだ。ラ・ファイエットが逃がしたに決まってんじゃねえか。逃げた先で頼ろうとしたのも、ブイエ将軍だっていうじゃねえか」

ラ・ファイエットの従兄弟《いとこ》だ。ラ・ファイエットも逃亡計画に一枚嚙《か》んでいる。そう決めつけて、猛烈に責め立てるダントンの是非は別にして、国民衛兵隊司令官は、少なくともテュイルリ警備の杜撰《ずさん》については、責めを負わざるをえない形勢だった。

「ああ、あの侯爵は裏切り者でないにしても、大馬鹿者ということさ」

ブイエ将軍の関与が確信されたのは、東部方面ヴァレンヌでルイ十六世の身柄を確保と、パリに報が届けられた二十二日のことだった。現地の駐屯軍司令官を頼る腹だったと読めたわけで、パリへの帰還の途についたと続報が入るほど、誰も誘拐事件だなどとは思わなくなった。

逃亡を企《くわだ》てた王に対する反感は増していくばかりだった。

「いっそ共和政に移行してはどうか」

コルドリエ・クラブのロベールにいたっては、そう極論まで口にした。

直《ただ》ちに王政の廃止を意味する、その「共和政」という言葉については、誰もが微妙な感情を抱《いだ》かないではおかなかった。そこまでの話ではないというのが、おおよその共通認識だった。が、だからといって、ルイ十六世を弁護するわけでなく、取り調べと裁判による真相の究明を、いや、まずは廃位の手続きをと、厳しい処断を求める声は圧倒的だった。

「それが二十五日、とうとうパリに帰るらしいぜ」

カフェ・プロコープでダントンに明かされたのは、二十三日の夜だった。だったら、とっておきの歓迎を用意して、ひとつ陛下の御帰還を迎えてやろうじゃねえか。シャンゼリゼから入ってきて、その馬車をラ・ファイエットと国民衛兵隊が警護するらしいが、はん、そんなもの歯牙《しが》にもかけてやるものか。

「シャンゼリゼにパリ中の人間を集めてやる。左右の沿道から、どでかい声の塊《かたまり》にして、罵詈雑言《ばりぞうごん》のかぎりを浴びせかけてやる」

「しかし、ダントン、それじゃあ……」

「おいおい、カミーユ、七月十四日の英雄ともあろう男が、まさか鉄砲が怖いってんじゃないだろうなあ。土台がラ・ファイエットなんか腰抜けなんだ。びびっちまって、発砲命令なんか出せるもんじゃねえさ」

「そうかもしれない。そうかもしれないけど、ダントン、やはりというか、僕は沈黙を守るべきだと思うんだ」

だらららん、だららん、と太鼓の音が聞こえてきた。馬の蹄《ひづめ》が鳴る音も、かここ、かここと絶えず重なり、多頭立ての馬車が近づいてきたことがわかる。

デムーランは背伸びして、テュイルリ大通りの彼方《かなた》をみた。砂塵《さじん》を巻き起こしながら、赤いばかりの夕陽のなかから現れたのは、逆光に黒ずんで判然としないながら、どうやら緑色とみえるベルリン馬車だった。

ざっざっざっと足音を揃《そろ》えながら、やはり国民衛兵隊が前後左右を固めていた。が、沿道の警備を含めて、皆が銃床を上に得物《えもの》を抱えていたので、さながら葬送行列の印象である。

かかる無礼は恐らく、自分は王の一味ではないと訴えるために、ラ・ファイエット将軍が命じたものだった。意図は意図として、珍しくも時宜を心得た演出だったというのは、まさに葬式さながらにシャンゼリゼが静まり返っていたからである。

これだけ大勢で押しかけながら、しんとして群集は音もなかった。数日来、パリの巷《ちまた》で何千何万と吐き出されていた罵倒の文句が、今や一語として叫ばれない。叫ぶどころか、ぼそと口元で零《こぼ》されることさえなく、シャンゼリゼの隅々までが静寂に支配されていた。

それは巨大な沈黙だった。激情が常のパリが、ときならずも凍りついたようにもみえた。自《みずか》らが加担しながら、デムーランは思う。なんて不気味な静けさだろうか。なんて恐ろしい圧迫感だろうか。無言のまま、ただ冷ややかな視線だけ逸《そ》らさずに注がれて、こんな迎え方をされたら、僕だったら縮み上がらずにいられない。三日は悪夢にうなされないでは済まされない。

「やったな、カミーユ」

さすがのダントンも、今度ばかりは大声ではなかった。そのかわりに、笑みが大きい。表情は昨日今日と徹夜で運動を組織して、その苦労が報われたという、いかにも満足げなものだった。

あちらこちらに看板が掲げられていた。

「王を称《たた》えれば鞭《むち》で打つ。王を蔑《さげす》めば首を吊《つ》るす」

そうした指示を集会の隅々まで徹底しようと、いうまでもなく、それはカフェ・プロコープで打ち合わせられた方策だった。

ダントンは続けた。ああ、うまくいった。さすがはカミーユ・デムーランだ。おまえみたいにエスプリが利いた男でないと、とてもじゃないが、こんな仕打ちは思いつかなかった。

「でもないんだろうけど……」

「下手《へた》な謙遜《けんそん》は嫌味だぜ、カミーユ。やったんだ。おまえは、やってくれたんだよ」

そうだな、とデムーランは小さく答えた。直後に心に続けていた。ああ、やった。またしても、やってしまった。

「沈黙を守れ、いや、貫いてやれ」

事実、それはデムーランの発案だった。ルイ十六世とその家族はヴァレンヌからの道々でも、裏切りを責め立てる群集にさんざ騒がれているに違いない。おかしな言い方になるが、つまりは罵《ののし》られ馴《な》れてる。些《いささ》かの罵倒なら、難なく聞き流してしまう。

——なんとなれば、ルイ十六世は今や身の安全を確信している。

バルナーヴが出迎えに行ったからだ。誘拐事件として処理する旨は、王の耳にも入れられたに違いないのだ。有力議員はじめ議会の大半が味方とわかれば、もはや騒ぐ以外に術《すべ》がない群集に、どんな悪態を叫ばれようと、なに恐ろしいものではないのだ。

——もうひとつに……。

沈黙は三頭派に加える圧力でもあった。下手な言葉にしては駄目だと、デムーランは神経を尖《とが》らせないではいられなかった。

考えていることを、そのまま口に出してはいけない。頭の悪い下々など物の数ではないと、それでは見縊《みくび》られてしまう。ひいては連中を調子づかせることにもなる。だから、一言も発しない。そうすることで、より効果的に恫喝《どうかつ》をかけてやる。

——きさまらの魂胆は御見通しだぞと。

沈黙の群集は誰ひとりとして帽子を脱いではいなかった。それが一部の専横には断じて屈服しないという、無名の大衆なりの意思表示だった。

バルナーヴ、それにデュポール、ラメットも、議員や閣僚たちとなると、どこにいるのかわからなかったが、国王一家を乗せた緑のベルリン馬車だけは、そうした人々の注視のなかを粛々と進んでいった。

夕焼けが意地悪なほどはっきりと明と暗とを分けるため、車窓の奥の様子までは窺《うかが》うことができなかった。ちらと覗《のぞ》きみえたとしても、沿道で身動き取れない身には、ほんの一瞬の機会でしかなかった。効果のほどは知れず終いだったが、デムーランも後から聞かされることになった。

途中なんの混乱もなかったため、国王一家は七時にはテュイルリ宮の玄関に到着した。馬車を降り、自室に戻り、鏡を覗き、そうして王妃マリー・アントワネットは悲鳴を上げた。華やかだった金髪が、すっかり白くなっていたからだ。

――その凄惨《せいさん》な様子は、三頭派の目にも映る。

連中とても、きっと王妃の白髪には思うところがあるだろう。そうやって痛快な気分に浸るかたわら、デムーランは自問しないでおけなかった。やはり戻ってしまうのか、この僕は、政治の世界に。戻らないではおけないのか、ミラボーが死んだからには。というのも、大衆と共に怒り、そして導き、あげくに行動する人材となると、このパリ中を探しても、どうでも足らない有様ではないか。

事実として、二十五日当夜のデムーランは、またもカフェ・プロコープだった。

15――記念日

七月十四日はフランスが誇るべき革命の記念日である。

一七八九年のその日に、パリの民衆はバスティーユ要塞《ようさい》を陥落させた。政治犯専用の牢獄《ろうごく》として使われていたので、圧政の象徴とされていた施設だった。

全国三部会が召集されたヴェルサイユでは、第三身分が国民議会の設立を宣言していた。それをフランス王ルイ十六世は弾圧する素ぶりだった。軍隊の動員にパリが抗議すると、おまえも同罪だといわんばかりに、パリにも兵団を差し向けてきた。

反発した民衆は蜂起《ほうき》に踏み出す。軍隊と戦うための武器を探す。バスティーユにあると聞いて襲撃する。これが歴史的な偉業に至る経緯である。

――歴史的というのは、それで王が折れたからだ。

ルイ十六世は軍隊を引き揚げさせた。民衆の勝利が刻まれた瞬間だった。それをきっかけに議会は大胆な改革に着手した。

フランスは、みるみる変わった。全て七月十四日のおかげだと、かくて日付は自然と革命の記念日とみなされるようになった。

ならばと、一七九〇年のその日に企画されたのが、全国連盟祭だった。王国各地の連盟兵もしくは国民衛兵が、革命の記念日においてパリに集まり、新たなフランスを基礎づける自由、平等、なかんずく友愛の精神を、ともに確かめようという趣旨である。主会場のシャン・ドゥ・マルスにおいては、国民衛兵隊司令官ラ・ファイエットの導きで、宣誓も唱和された。

「私は誓う、国民、法、王に対して、常に忠実であることを」

それが新生フランスを支える民兵隊の、忠誠心が向かうべき先だった。

――一七九一年七月十四日。

すなわち、今日この日にも、再び全国連盟祭が祝われる。もう二度目であるとはいえ、その朝をロベスピエールは前回から寸分変わらぬ厳粛な気持ちで迎えた。全国連盟祭は毎年の行事となり、このフランスでは革命の記念日が未来永劫《みらいえいごう》祝われ続ける。そのことに昨年以上の意味があるとも考えていた。

――革命は継続されなければならない。

実際のところ、今夏のパリも盛り上がっていた。各地から陸続と行進してくる連盟兵を迎えながら、旅籠《はたご》は格安、一般の民家も空き部屋を提供し、それでも夜露を凌《しの》ぐ場所がないとなれば自《みず》らの寝台まで半ばを与えて、まさに大歓迎の雰囲気なのである。

興奮しないでいられない。今年もシャン・ドゥ・マルスで式典が行われる。ブルジョワたちが気前よく門前に美酒《びしゅ》馳走《ちそう》を並べてくれれば、数日前から方々で飲めや歌えやの大騒ぎが始まっている。大袈裟《おおげさ》でなく、ありとあらゆる人々が、第一回の前年に勝るとも劣らない熱狂を示しているのだ。

――ただ叫ばれる言葉は違う。

遅れず興奮気味のロベスピエールも、それだけは聞き流す気になれなかった。サントンジュ街の下宿からテュイルリ方面に向かう朝の道でも、結局夜を明かしてしまったという輩《やから》が、あちらこちらにくだを巻く体《てい》でいたが、もはや誰ひとりとして国民、法、それに王と並べはしなかったのだ。

国民はよし、法もよし、けれど王だけは別だと外して、それも今や忠誠を誓うどころではない。数日来の酒が抜けないでいるとはいえ、打《ぶ》ち上げられる言葉には遠慮もない。

「ルイ十六世は退位しろ」

「裏切り者め、よくもフランスを捨てようとしやがったな」

「だけじゃねえ、外国に売ろうとしたんだぜ。あのオーストリア女の兄貴を、軍隊ともども御招待したいって話さ」

「はん、土台が革命の味方じゃなかったってことだ。憲法を支持するだなんて、あの豚王は二枚舌の大嘘《おおうそ》つきだったのさ」

「おう、だから、もう退位させちまおう」

「立憲王政だって、いらねえや。王さまなしで、いっそ共和政に変えちまおうや」

ロベスピエールは足を速めた。先を急ぐ意味があるでもなかったが、だからといって悠々と歩を進めて、呑気《のんき》に構えられる気分でもなかった。ああ、こうしちゃあいられない。無為を貪《むさぼ》るわけにはいかない。なんとなれば、民衆は怒っている。

――ヴァレンヌ事件を境に明らかに空気が変わった。

逃亡を企《くわだ》てた王が、かの地で身柄を拘束され、パリに連れ戻されたことから、昨今そう呼ばれるようになっている事件について、はじめロベスピエールは今日ほど深刻に考えてはいなかった。

国家の筆頭吏員《りいん》がいなくなっただけで、大騒ぎするほどの話ではない。そう簡単に片づけたものなのだが、あれから一月《ひとつき》と待たずして、今や実感は否応《いやおう》なくなったのだ。

――王の権威は失墜した。

あれでルイ十六世は人気のある王だった。派手好きで強権的だったルイ十四世、女好きで国事そっちのけのルイ十五世に続いた青年王は、温和であり、真面目《まじめ》であり、また改革の意欲もありと、なべてフランス人は好意的に捕えていたのだ。

実際に貴族や聖職者に税金をかけようとしたり、全国三部会を開いて、民の声に耳を傾けようとしたり。ルイ十六世が悪人であるはずがないと、弾圧の軍隊を議会にパリにと送りこんだときでさえ、フランスの巷《ちまた》では擁護の声が絶えなかった。王妃マリー・アントワネットが憎まれ、また宮廷貴族や高位聖職者が悪《あ》しざまに罵《ののし》られることがあろうと、王が悪いわけではない、王が悪いわけではないと、人々は信仰にも似た思いを一途《いちず》に捧《ささ》げてきたのだ。

それが変わった。ヴァレンヌ事件を境に一変してしまった。

裏切り者、嘘つき、売国奴、愚鈍、無能、果ては豚だの、寝取られ男だのとまで悪態をつかれながら、もはやルイ十六世は怨嗟《えんさ》の的でしかなくなった。それが信仰だったからこそ、偶像の落ち方には救いがなかった。

自分の場合は王も国政の一部にすぎないとして、かねて突き放して考えてきた。その分だけ事件を過小評価してしまったと、ロベスピエールにすれば反省も強《し》いられた一件だった。民衆に全く同調してしまうのも問題ながら、民意から遠く懸け離れてしまうのも、また由々しき問題だからである。ああ、それだから、今もって反省のない輩には腹が立って仕方がない。

——ヴァレンヌ事件を境に、また議会の空気も一変した。

テュイルリ宮調馬場《マネージュ》付属大広間に進むと、すでに議場は議席も傍聴席も七割ほどが埋まっていた。審議が始まる九時まで二十分というところであれば、まずまず律儀な出席といえるのだが、やはりロベスピエールは気にしないでいられなかった。ガヤガヤ、ガヤガヤ私語が満ちているのは当然として、白い歯までがやたらと目についたからだ。

――ニヤニヤして、たるんでいる。

ぴりぴり張り詰めていた空気が、だらしなく弛緩《しかん》している。そう思うのは単に気のせいだろうか、ともロベスピエールは自問してみた。空気が和らいだというのは、寒々しく、また重苦しかった季節が移ろい、今や気だるいくらいの夏の暑気が満ちるというだけなのか。

――いや、違う。

できることなら議員ひとりひとりを捕まえて、ロベスピエールは了見を質《ただ》したかった。新しいフランスを拓《ひら》くと意気込んだ気勢を萎《な》えさせて、にやけた現状維持に傾こうとしているのではないか。改革の意欲を後退させながら、あとは適当な落としどころを探るだけだと考えてはいないか。そうした弛《ゆる》んだ風潮が、いよいよ議会の空気に現れ始めたのではないか。

激しい衝動に駆られるのは、連中がヴァレンヌ事件を好機と捕えて、いよいよ本音を隠さなくなっていたからでもある。

――が、さすがに革命の記念日なのだ。

今日だけは革命を冒瀆《ぼうとく》するかの行為を許すわけにはいかない。そう自分に言い聞かせながら、ロベスピエールは自らの議席に進んだ。よいしょ、よいしょと階段状の通路を上りながら、それが容易ならざる道であるとも、また承知の上だった。

革命を冒瀆するかの行為とは、いうまでもなく議会の右派やラ・ファイエット、それに三頭派までが加担して拵《こしら》えた、例の大それた嘘のことだった。

――王と家族は誘拐されただけだなんて……。

だから罪などあるわけがないだなんて……。かかる欺瞞《ぎまん》に激怒した人々は、いうまでもなく少なくなかった。直情的に行動する大衆の話でなく、議員であり、新聞記者であり、評論家であり、活動家であるといったような、一定以上の政治意識を獲得している層までが、あまりな作り話を看過できなくなっていた。

怒りに我を忘れるあまり、ルイ十六世の廃位、君主なき君主政の樹立、はては共和政の宣言というものにいたるまで、過激な言説は議会のなかでも、さかんに飛びかうようになった。

かかる叫びが指導者の声となり、折りから不穏な民衆を暴発させることを恐れてか、ルイ十六世のパリ帰還を夕に控えた六月二十五日の議会では、国王の権能を一時停止する決議がなされた。

いったん民心を慰撫《いぶ》しようとしたわけだが、それで無難に王の身柄を確保できれば、もう怖いものはないといわんばかりだった。連中は厚顔な嘘に居直るかの措置を、翌二十六日の審議から無理押しするようになったのだ。
——ルイ十六世は裁かれないだと。

16――論点

裁判は行われるだろうと、そのことは誰も疑いもしなかった。誘拐事件という真相が捏造《ねつぞう》されるにしても、法廷における証言で組み立てられるのだろうと考えた。

ところが、憲法制定国民議会は、トロンシェ、ダンドレ、デュポールでなる特別聴取委員会を組織して、その取り調べで満足した。三議員をテュイルリ宮に派遣して、王や王妃の部屋を訪ねさせ、懇《ねんご》ろに事実関係を確かめさせるだけで、もう十分と専断したのだ。

――まるで密室の談合ではないか。

あらかじめ拵《こしら》えられた脚本を読み上げて、それに「応《ウイ》」の一言をもらうだけの手続きは、事情聴取ですらありえない。なんとなれば、テュイルリ宮に送られる三議員は、いずれも最初に誘拐説を唱えた一味に属しているのだ。

左派は猛烈に抗議した。ロベスピエール、それにバレールと、演壇から正式な裁判の発議にも及んだが、まともに取り上げられなかった。一連の暴挙が通用してしまったのは、議会の多数派をなしている中道ブルジョワ議員たち、いうところの平原派《プレーヌ》もしくは沼派《マレ》が、連中の欺瞞《ぎまん》を容認する構えを示したからだった。

第一にルイ十六世を退位させれば、戦争が起こると囁《ささや》かれた。オーストリアの皇帝が義弟の窮地を重く受け止め、いわゆる「フランス問題」を協議するための国際会議を、諸国の王たちに働きかけたというのだ。

国民の手で君主が廃される事態になれば、もはや対岸の火事では済まないという危機感もあるがゆえに、形ばかりの脅《おど》しでは終わるまいとも論評された。

「戦争を回避するにはヴァレンヌ事件を不問に付して、立憲王政の樹立という穏健な既定路線を守るしかない」

そう説かれれば、ブルジョワたちは靡《なび》かずにはいられなかった。戦争が起これば、フランスから資本が流出するは必定《ひつじょう》だからだ。かてて加えて、ただでさえ安定しないアッシニャ紙幣が、一気に暴落してしまう。資本家であり、企業家である有産階級としては、経済的な混乱ばかりは是が非でも避けたいのである。

第二にルイ十六世を退位させれば、摂政《せっしょう》を置かざるをえないと論じられた。しばらく空位にするにせよ、王太子がルイ十七世として直《ただ》ちに即位するにせよ、摂政の職は設けざるをえない。が、誰がなるのだと問われたのだ。

一緒にヴァレンヌ事件を起こした、王妃マリー・アントワネットは論外である。だからといって、ルイ十六世の弟たちが適任とは思われなかった。次弟のプロヴァンス伯は兄王と同日同夜の脱出で、まんまとベルギーに逃げてしまった。末弟のアルトワ伯は、かねて反革命の急先鋒《きゅうせんぽう》であり、一番に外国に亡命して、今も陰謀を企てている。摂政など任じられれば、たちまちフランスをアンシャン・レジームに戻そうとするだろう。

それならばと、奥の手のオルレアン公を擁立するか。あるいは息子のシャルトル公か。かねて自由主義の定評あるとはいえ、オルレアン公は多数の山師を抱え、また危険な煽動家《せんどうか》に金を出しているともいわれていた。その筆頭として名前を挙げられるのが、噂《うわさ》のジョルジュ・ジャック・ダントンであり、つまりはブルジョワ議員たちが苦手にしている男なのだ。

やはりルイ十六世を温存するのが無難と、それは議会の空気が動きかけたところだった。

――ブイエ将軍の手紙が届いてしまった。

六月三十日の議会で読み上げられた二十六日付の手紙は、ブイエ将軍が自らヴァレンヌ事件の首謀者であることを宣し、また国王一家に危害が加えられるようであれば直ちにパリに進軍してやると、脅迫を加える内容にもなっていた。

これを駄目押しとして、空気は一気に動いた。ルイ十六世の温存は無難ながら、誘拐事件という嘘はひどすぎると躊躇《ちゅうちょ》していた議員たちが、犯人が自ら名乗り出たのだからと迷わなくなったのだ。

同じ理由で裁判も不要とされた。調査さえ必要ないと、語気を強める向きさえある。

――が、それとこれとは全く別な話だ。

ブイエ将軍が犯人であるにせよ、王の意に反した誘拐犯なのか、それとも王の意を受けた逃亡の共犯なのか、それは裁判をしてみなければわからないではないか。そう訴えながら、ロベスピエールら左派一同は、国王裁判を求め続ける方針を固めていた。ところが、道は険しいとも心得ざるをえなかった。

国王誘拐説の支持、ルイ十六世の無罪放免という流れは、勢いを強くするばかりだった。過ぐる七月九日の議場になど、王の権能を一時停止とした措置までが許せないとして、二百九十三議員の連名で撤回勧告が提出されたほどだった。

「それで一七八九年クラブは？」

議席につくや、ロベスピエールは小声で隣の席に尋ねた。座する盟友ペティオンは、苦々しげに顔を顰《しか》めた。どうにも、うまくないね。私たちには喜ばしくない風向きだ。

「ラ・ファイエットの優柔不断ときたら、本当に処置なしだね」

皮肉な展開になっていた。ラ・ファイエットを指導者とする一七八九年クラブは、開明派貴族や有力ブルジョワを集めて、かねて穏健な立憲王政を標榜《ひょうぼう》してきた団体だった。が、その一部がヴァレンヌ事件を受けて、大胆にも共和政を唱え始めたのだ。

最初が七月一日の『共和主義者、または人民の代表による政府の守り手』で、「それが自発的な逃亡であれば、とんだ詐欺師ということになるし、他人の意のままにされた誘拐であるならば、これまた愚か者ということになるので、いずれの場合も国王失格である」と論じながら、まずはルイ十六世の廃位が述べ立てられた。

アメリカから来たトマス・ペインという男が書いたらしいが、これと共闘している議員コンドルセが、続く八日に『共和国について。自由を守るにあたり、王は必要なものなのか』という小冊子まで出版した。

共和政は国政改革の諸案のうちでも衝撃的な部類、このパリでさえ過激な暴論の感が否めない主張である。

泥酔した大衆が口走るのでないならば、人々を煽動しようと目論《もくろ》む山師の類《たぐい》が吐く言葉で、まともな政治家なら口にしないという決めつけさえある。その極論をあえて掲げたというのは、盟主ラ・ファイエットを今なら「フランス版ワシントン」に、つまりは国家元首に担げるかもしれないと、乾坤一擲《けんこんいってき》の賭《か》けに出たからのようだった。

「ラ・ファイエット自身も一時は本気だったようだが、こうして結果が出てみれば、なんのことはない、ふわふわ夢見心地だっただけなんだね」

と、ペティオンは続けた。受けて、こちらのロベスピエールも確かめた。

「やはり取り下げることになったのか」

「幸いにしてというか、一七八九年クラブにも冷静な男がいたからね」

「さすがのシェイエス師というわけだな」

「ああ、『モニトゥール』紙に載せた論説、あのペインとコンドルセに対する痛烈な批判が効いたようだね。一七八九年クラブでも議論になって、さすがのラ・ファイエットも目を覚まさざるをえなくなったというわけさ」

「もとより望み薄な話ではあったけれどね」

ロベスピエールは引きとった。大統領とするか、総裁とするか、その呼称は措《お》くとして、ラ・ファイエットが国家元首という線は、傍目《はため》にはどう考えても現実的なものではなかった。

なにせヴァレンヌ事件では、王の共犯者ではないかと疑われたほどなのだ。でなくとも、テュイルリ警備を任されていたのは国民衛兵隊であり、王の逃亡を許した責任は、その指揮権者であるラ・ファイエットに帰せられるべきものなのだ。

「はん、ポカをやらかした男が逆に栄達するなんて、そんな馬鹿な話は土台ありえなかったわけだが、とんだ勘違いも度がすぎれば、それはそれで使い道がありそうにみえたのに……」

当然の決着とは思いながら、なおロベスピエールは無念を残した。

左派が固執する国王裁判の実現、その発議は昨日七月十三日の議会でも行われた。ペティオンが壇上から、当議会において、それが無理であれば特設法廷において裁判が行われ、ヴァレンヌ事件の真相が解明されるべきと繰り返したのだ。

結果から明らかにすれば、またしても退けられた。が、その声なりとも議会に投じられたのは、ラ・ファイエットと一七八九年クラブの面々が共和政を主張するなど、とんちんかんな動きを示してくれていたからなのだ。そのために調子づいていた右派、ならびに三頭派の面々も、今ひとつ強硬な態度に出られなかったのだ。

「私たちとしてはダントンの動きを、もう少し抑えるべきだったかね」

そう続けて、ペティオンもまた声に無念を滲《にじ》ませた。ダントン一派が繰り広げた、執《しっ》拗《よう》なラ・ファイエット攻撃も、じわじわ効いた格好だった。「裏切り者でなければ大馬鹿者だ」との言葉が流布して、それが勘違い男を目覚めさせる薬のひとつになったのだ。

「が、それを責めても始まるまい」

と、ロベスピエールは答えた。ラ・ファイエットに勘違いを続けさせたいのなら、我々の陣営から軽々しく共和政を口にする輩《やから》を出すべきではなかったよ。左派と同じとみられたくなくて、それまた気つけ薬のひとつになったわけだからね。

「ブリソも軽率なところがあるし、それにペティオン、君が懇意にしている、ええと、誰だっけ、リヨンから来たという……」

「ロランかい」

「ああ、そうだ、そのロラン氏というか、あのサロンの女主人然としていたのはロラン氏の奥方かい、とにかく、共和政、共和政と、ずいぶん勇ましかったじゃないか」

「熱心は熱心なんだよ、ロラン夫妻は」

それは過日、ペティオンに有志と紹介された夫婦の話だった。熱心なのは十二分に伝わったが、どうも考え方が合わないような印象が、ロベスピエールにはあった。

いくらか気まずい沈黙が流れた。誰が悪いか、そんなことを論じ詰めても仕方がない。かかる道理を踏まえて、すぐにペティオンは改めた。とにかく終わってみれば、所詮《しょせん》は時間の問題だったようだ。

「やはり相性が悪くないらしいからね、あちらの二派は」

「そうか。やはり手を結んだか、三頭派とラ・ファイエットは」

「ああ、ふわふわ動きはしたものの、結局は元の鞘《さや》に収まったようだ」

そもそもの誘拐事件をでっちあげた、共犯関係にある両者であれば、手を結ぶべくして結んだともいえる。一致して事に当たれば議会も思い通りに操れると、そう踏めばこその大嘘だったのであり、これを前面に出して、いよいよ強行突破を狙《ねら》うは必定である。左派としては、窮地の図式だ。

「けれど、まあ、私たちも徒《いたずら》に悲観ばかりしたものではないよ」

ロベスピエールは再開した。ああ、時間稼ぎはできたのだから、よしとしなければならまい。

「ねばりにねばって、連中に戦略を変えさせることにも成功したわけだしね」

ペティオンも受けた。それまた昨日十三日の審議で得られた成果だった。

議員ヤシントゥ・フランソワ・フェリクス・ドゥ・ムグエは、その日の審議冒頭において、ヴァレンヌ事件に関する最終見解を報告した。調査報告を基に諸委員会の合同討議で導き出された結論は、ブイエ将軍を主犯とみなし、さらに共犯の嫌疑が持たれる数名と併せて、直ちに告発を行うべきであるとする、大方の予想通りのものだった。

もちろん左派は採択に反対したが、それとして強く耳目《じもく》を惹《ひ》かれたのが、ブイエ将軍の罪状が「国王誘拐」ではなく、「憲法転覆」に変わっていたことだった。ほんの言葉の上の変更でないことも、さらに審議が進むなかで明らかになった。ブイエ将軍の罪が重いというのは、「王の身体の不可侵性」を侵そうとしたからだというのだ。

すなわち、ヴァレンヌ事件は合法的に処分しなければならない。そのためには目下制定中の憲法に準拠しなければならない。が、王の逃亡については、それを扱う条文がみあたらない。

ペティオンは続けた。

「国王の不可侵性なら憲法に明文化されている。前面に持ち出せば、誘拐は無論のこと、それが逃亡であったとしても、そもそも王を合法的に罰する術《すべ》はないことになる。ルイ十六世の罪を不問に付すためとはいえ、連中ときたら、よくも、まあ、こんな論法を考え出してきたものだね」

「事実関係の追及に持ちこまれては、やはり分《ぶ》が悪いと考えたのだろう。が、憲法論議なら憲法論議で、それこそ望むところと、我々としては受けて立つしかないだろうさ」

ロベスピエールが断じて、ペティオンが強く頷《うなず》きを返したときだった。議長席で木槌《きづち》が打ち鳴らされて、七月十四日の議会審議は始まった。

17――横暴

最初に登壇したリアンクール、プリュニョン、両議員ともムグエ報告を支持する内容の演説だった。続いた議員がデムーニエで、目下停止されている王の権能の回復については、王が憲法を批准することを条件に、その時点で行われるべしと提案をなした。反対に憲法を拒否した場合は、即座にルイ十六世を廃位に処すると、提案には際どい文言も盛りこまれたが、それも怒れる左派議員を懐柔し、また荒れる民衆を慰撫《いぶ》しようという、みえみえの意図にすぎないと思われた。

富める者の天下を打ち立てるための政治日程が、王の無罪放免、憲法の制定、王の執行権の再建、立憲王政の樹立と具体化してきている。そう解釈するのが、やはり正しいといえそうだった。

「なればこそ、今のうちに王の振る舞いを吟味したいというのです。ただ徒《いたずら》に裁判、裁判と繰り返すのではありません。これは憲法の話です。憲法こそフランスの柱石と信ずればこそ、そこに謳《うた》われる王の不可侵性といったもの、すなわち同原理において罰されない行為の限界、やはり罰されなければならない行為の境目といったものまで、きちんと精査しておかなければならないと、私はそう考えるのであります」

ロベスピエールが演壇に進んだのは、十一時をすぎてからのことだった。にやにや笑う白い歯も覗《のぞ》いていたが、たるんだ空気というより、今はふてぶてしい気配のほうが強く感じられた。その場に居直り、容易なことでは動きそうにみえない。まさに分厚い壁として立ちはだかり、その不動の構えにおいて、どんな攻撃も撥《は》ね返してしまいそうだ。

――それでも、ひるむわけにはいかない。

ロベスピエールの演説は、ペティオン、リカール、グレゴワール、プリユール、ビュゾ、ヴァディエと、ムグエ報告に反対する言葉が費やされた後に、満を持して投じられた左派の決定打という格好だった。だから、引き下がるわけにはいかない。この私が風穴を開けなければならない。ですから、皆さんも、ひとつ考えてみてください。

「例えば王が、あなた方がみている前で、あなた方の御子息の喉《のど》を短刀で切り裂いたとします」

ガヤガヤ議場に声が湧《わ》いた。立ち上がるのは反感だと、ロベスピエールにも勘違いのしようはなかった。が、それくらいは覚悟のうえだ。ええ、皆さん、逃げずに考えてください。例えば王が、やはりあなた方がみている前で、あなた方の御新造であるとか、御息女であるとかを凌辱《りょうじょく》したとします。それでも、あなた方はいうのでしょうか。

「陛下は陛下の持てる権利を行使なされました。我々は全てをお許しいたします。王は不可侵の存在であられますから、罰しようなどないのですと」

最後の数語は掻《か》き消されて、たぶん議場に届かなかった。いや、言葉を吐いたロベスピエール自身が聞き取れないくらい、野次の嵐《あらし》は一気に激しさを増した。

「黙りなさい、ロベスピエール議員」

「喉を裂くだの、凌辱するだの、おまえは王を侮辱するつもりなのか」

「ルイ十六世はそんな方ではあられない。理知的で、温和な性格であられて……」

「人柄の問題が重要であるならば、王の不可侵性などという抽象的な概念は、憲法の条文から綺麗に削除してしまいますか」

きんと声が高いところで響いたのが、自分でもわかった。すぱっと切り落とされたかのように、うるさい野次が止《や》んだことにも、ロベスピエールは満足だった。といって、演説巧者と自惚《うぬぼ》れるつもりはない。自信を持つべきは狙《ねら》いの正確さのほうだ。連中は痛いところを突かれたのだ。

――憲法だけはいじられたくない。

若干の修正はありえるとして、今さら抜本的な見直しを強《し》いられて、九月に予定されている憲法成立の日程を狂わせたくはない。

相手の腹を看破すればこそ、ロベスピエールは逆境にも心が折れなかった。ああ、憲法で揉《も》めたくなければ、すぐさま王の裁判に応じるがよい。憲法論議で煙に巻くような真似《まね》は、かえって不利だと思い知るがよい。もちろん、いずれの場合であっても我々は迎え撃つ。ヴァレンヌ事件を不問に付すつもりもないし、すんなり憲法成立を許してやろうとも思わない。

ロベスピエールは議場に続けた。実際のところ、王の人柄の問題ではありません。

「国家の筆頭吏員《りいん》、すなわち国家の元首が罪を犯したとして、王の不可侵性という原則がありながら、やはり罰則を加えなければならない場合を考えますと、私にして僅《わず》か二様しか思い浮かびません。第一は犯罪が本来的には神聖なる職務を介して、祖国の利害と密接に結びつけられている場合です。第二はその強大な権力ゆえに、ちょっとした陰謀を企てた場合でも、それを阻止できる者がないほどまでに、危険な存在に長じている場合です」

あえて抽象的な言葉を選んだのは、それ自体がロベスピエール一流の追及だった。憲法論議にするぞ、紛糾《ふんきゅう》させるぞと脅《おど》しながら、言葉の含意においてはヴァレンヌ事件のことも仄《ほの》めかし続けるのだ。

「例えばです。王の不可侵性といったとき、それが大臣や将軍の職責とも密接に連関する問題なのだと考えたことがおありでしょうか。というのも、現実に執行権を行使する際には、それが王から大臣たち、将軍たちへと委任されるわけであります。王の人柄の問題でないというのが、そこです。大臣たちが罪を犯し、また不正を行おうと、それに王自身が気づいて罰すれば、なんの問題も生じません。が、気づかなければ、あるいは気づいても黙認すれば、それは祖国の危険、いちじるしい不利益につながります。にもかかわらず、不可侵性を理由に王の責任を問えないのだとすれば……」

「王ならびに執行権と、議会ならびに立法権の間の溝を、ここに来て強調するべきではないでしょう。むしろ信頼関係を前提に話を進めるべきだと思いますが」

介入したのは、野次にしては堂々たる発言だった。気品すら感じさせる端整な顔立ちで、すっくと議席を立ち上がる長身は、ロベスピエールもすぐに認めることができた。

なるほど、議長が掣肘《せいちゅう》しなかったはずだ。それは議会を圧する大立者だった。三頭派の一角、アドリアン・デュポールは続けた。ええ、いくら可能性が零《ゼロ》でないかといって、そんな不愉快な想定を無理矢理にひっぱり出す理由はない。

「だいいち、もう七月なのですよ。憲法制定の作業が、いよいよ終盤にかかろうという今、好んで話をこじらせる必要はない」

「しかし……」

ロベスピエールは先を続けることができなかった。返答があまりに意外だったからだ。

デュポールは本音を吐いたと、そのことは疑いなかった。ああ、三頭派としては予定通りに憲法を制定させたいだろう。立憲王政を樹立してしまいたいだろう。議員の総辞職が決まっているからには、あとの立法議会に火種を残したくもないだろう。

だから、わかる。とても、よくわかる。しかしながら、その本音が楽屋裏で吐き捨てられるのでなく、公《おおやけ》の議場で堂々と語られてしまったことに、ロベスピエールは驚き、また呆気《あっけ》に取られてしまったのだ。

――デュポールの発言が通用するなら……。

すでにして議会は機能停止の状態だといわなければならない。形ばかりの議論さえ成らないならば、正義、不正義の問題までが些事《さじ》として、あえなく押し流されるしかないからだ。一方的な大義名分ばかりが語られ、反論となると声に出すことさえ許されないなら、それ自体が暴力の行使と変わらないのだ。

ロベスピエールは奥歯を嚙《か》んだ。沈黙してたまるものかと、直後には反撃した。フランスにとっての大事は、なんなのですか。そのことを真摯《しんし》に考えるならば、今までとか、今からとか、そんな理屈はありえないでしょう。

「そんな、そんな、政治日程の都合などを理由に……」

「日程といえば、ロベスピエール議員、そろそろ時間じゃないですか」

ハッとして目を走らせると、今度はアレクサンドル・ドゥ・ラメットだった。懐中時計を取り出しながら、こちらも三頭派の一角は白々しい言葉を続けた。ええ、もう十二時をすぎていますよ。全国連盟祭の式典は午後一番で始まります。

「憲法制定国民議会を代表して臨席する二十三人に、ロベスピエール議員も確か選ばれていたのではなかったか」

「そ、そんなことは、どうでもいいでしょう」

「どうでもよくはありません。全国連盟祭なのですよ。我らが偉大なる革命を記念する晴れの祭典なのですよ。それをロベスピエール議員は、まさかサボろうというのか」

アレクサンドル・ドゥ・ラメットは、ほとんど芝居がかる勢いだった。おお、なんたる傲岸《ごうがん》。おお、なんたる破廉恥《はれんち》。あまねくフランス人が一身を捧げようとする価値に、ロベスピエール議員は背を向けられるおつもりだ。

当然ながら癪《しゃく》に思うも、ロベスピエールは返す言葉を容易にみつけられなかった。そんなつもりで言ったんじゃない。私とて、そんなつもりで……。

「この際ですから、ロベスピエール議員、はっきり答えてください。あなたは全国連盟祭など下らないと考えているのですか」

「下らないといった覚えは……」

「端的に答えてください。あなたは我らの革命を冒瀆《ぼうとく》するつもりなのですか」

「冒瀆してるのは、どっちのほうだ」

うわんと円天井《まるてんじょう》に響いた時点で力ずくの介入を確信させた、それほどの大声だった。誰だと再び目を走らせれば、動きが起きていたのは上階の傍聴席のほうだった。がたがた、がたがた椅子《いす》を蹴《け》る音が続いた。時ならぬ騒がしさの先頭で、子供の頭ほどもある大きな拳《こぶし》を突き上げている巨漢となると、他には考えようもなかった。

「ジョルジュ・ジャック・ダントンだ。パリ百人委員会を代表して、議会に陳情にきてやったぜ」

叫ばれた「パリ百人委員会」など、ロベスピエールは聞いた覚えもなかった。恐らくは即席に作られた組織で、というよりダントンが昨日今日の思いつきで、それらしい名前をつけたということだろう。

その割には本当に百人ほどが議場に下りて、さすがの組織力ではあった。どやどや議長席に詰め寄りながら、なにやら訴状のような紙片を差し出し、それが読まれる以前に訴えの声は張り上げられていた。

「議会は国民の声を聞け」

「もうフランス人はルイ十六世を王とは思っていないぞ」

「廃位だ。すぐに廃位の処分を取れ」

「かわりにオルレアン公を擁立しろ」

「いや、いっそ共和政だ。王なんかいない国に変えちまえ」

民衆の声を届けたには違いなかったが、訴えも最後のほうは支離滅裂で、まともな直訴の体《てい》をなしていなかった。でなくても、この種の騒擾《そうじょう》を議会は決して許さない。議席のほうにも動きは生じざるをえない。

「衛視、衛視、なにをしている。この暴徒たちを叩《たた》き出せ。神聖なる議場から、すぐさま掃き出してやるのだ」

「いや、我々こそ出ていこう。こんな暴力を加えられては、もはや議会活動など不可能だ」

あげつらう割に自《みずか》らが暴力的な勢いで、次から次と椅子を蹴る。ああ、やっていられるか。こんな出鱈目《でたらめ》な審議は拒否しよう。抗議の意をこめて、退場することにしよう。

「ああ、これは正義の退場だ」

そうして美化はするものの、三頭派の号令一下に調馬場付属大広間を後にするのは、左派も中央寄りから向こうの議員だけだった。連中にしてみれば、いい加減で審議を切り上げたいところに、渡りに船といったところだったのだろう。

「議場だけじゃあ、もう埒《らち》が明かないと思ったもんでな」

しゅんとなって、事後のダントンは珍しく言い訳めいた。

こちらはこちらの理屈で、もう非常の手段に訴えるしかないと判断したのだろう。それは間違いだったと、仲間の熱意を窘《たしな》めることもできないだけに、ロベスピエールは取り残された演壇で、ひたすら唇を嚙みしめているしかなかった。

非常識なばかりの横暴を押しつけるか、さもなくば審議を拒否してしまう。いよいよ議会は機能不全と断じざるをえない。

――手詰まりだ。

――全体どうすればよいのだ。

議員として、これ以上なにができるというのだ。答えもないまま、ロベスピエールは演壇を降りた。自分の議席に戻るでも、そのまま議場を後にするでもなく、ただふらふら歩き出しかけたところで、いきなり腕をつかまれた。

ハッとみやれば、癖の強い長髪が揺れていた。

「カミーユ……」

「マクシム、話がある。聞いてくれないか」

まっすぐ向けられるほど、デムーランの目には力があった。

18――ラクロ

七月十五日、すでに夜の九時をすぎて、ジャコバン・クラブの演壇に立つのは、ピエール・アンブロワーズ・フランソワ・ショデルロス・ドゥ・ラクロという男だった。

――不思議な御仁《ごじん》だ。

この期に及んで、デムーランは思わないではいられなかった。もう五十歳になんなんとして、背筋は定規をあてたようにまっすぐ伸び、身のこなしも颯爽《さっそう》として、その印象はといえば随分と若々しいのだ。

ラクロは軍人出身だった。がっしり大柄な骨格の造りから、鍛えられた肩幅の広さから、聞いたときは大いに納得するのだが、それもしばらくすると違うかなという気がしてくる。軍人にしては洗練されているというか、あるいは知性が勝ちすぎるというか、少なくとも豪の者という感じはないのだ。

さらに聞けば、軍人の前歴も砲兵隊の将校だった。となれば、数学の素養も豊かと推論できる。退役して後はオルレアン公に仕えたともいう。となれば、その自由主義思想の感化で政治に目覚めたとみえる。なるほど、粗野な力自慢では片づけられない知性派だ。ところが、再びの違和感でラクロには、軍人のそれとも、知識人のそれとも違う、どこか曖昧《あいまい》な空気があるのだ。

――強《し》いていえば気だるい、ある種の優雅さをまとう。

生まれはアミアンというから、デムーランやロベスピエールと同郷のピカルディ人である。この北国を論じるなら、むしろ人間は質朴な手合いが多い。知性派をいえば、ガチガチの理屈屋になる嫌いがあり、これまたラクロがまとう柔和な空気を説明できるものではない。

変わり種だ、なんとも不思議な御仁だと思ううちに、ふざけてラクロを「ヴァルモン子爵」と呼ぶ向きがあった。あれと思って確かめてみると、九年前の一七八二年、パリで出版されるや大反響を呼んだ恋愛小説に登場する、かの背徳の主人公に因《ちな》んだ綽名《あだな》で間違いなかった。

――つまり、ラクロは『危険な関係』を書いた、あのラクロだ。

赤面ながらに頁《ページ》をめくった、そんな覚えがあるデムーランには真実驚きだった。世紀の醜聞作家ラクロが、この革命の渦中において、ジャコバン・クラブに籍を有していたなどとは、つい最近まで知らないできたことだ。さすがの文才で機関誌『憲法の友』を編集していたなどと、今でも信じられない思いなのだ。

頭角を現したのは、この春の改選で全国連絡委員を任されてからだった。以後は『憲法の友』も地方連絡欄が顕著な充実をみたと、専《もっぱ》らの高評を寄せられてもいたのだが、そのラクロが当夜いよいよ演壇に登り、ひとつの提案を投げかけていた。

「国王問題について、ジャコバン・クラブが有する見解を広く知らしめる目的におきまして、我々は今こそ断固たる声明を出すべきではないでしょうか」

ヴァレンヌ事件に続いた様々な議論において、ラクロはルイ十六世の廃位、オルレアン公の擁立という立場で小冊子を執筆、自前の広報活動を展開していた。

主人に報いたいというわけだったが、肝心の公が六月二十八日に摂政職《せっしょうしょく》の固辞を表明したために、しばらく鳴りを潜めざるをえなくなった。といって、議会の態度に納得しているわけではあるまいと、デムーランはロベスピエールらと一緒になって、この変わり種を焚《た》きつけてやったのだ。

「ええ、ルイ十六世だけは廃位しなければならないのです」

さほど大きな声ではないのに、妙に心に残る調子で、ラクロが畳みかけていた。かねてからの主張であるとはいえ、あとにオルレアン公と言葉は続かなかった。続けないようにと、そこは打ち合わせてあるからだ。

――ルイ十六世の廃位。

それが現下において狙《ねら》える最大公約数だった。摂政を置くとか置かないとか、立憲王政を改めるとか改めないとか、共和政に移るとか移らないとか、さらなる付帯状況については、各派、各クラブ、いや、個々人で意見が千差万別である。

王の不可侵性も憲法に明記された文言であれば、容易に翻《ひるがえ》るとは思われなかった。が、それは抽象的な観念としての王なのだ。その座に就いている個人とは、必ずしも同義ではないのだ。

「フランス王という至高の位を、ああしろ、こうしろと、そんな無茶な話をしているのではありません。ただルイ十六世という人物だけは許しておけないと、そういっているのであります」

かかる主張であれば、意見を集約できないともかぎらないと、それがデムーランの見通しだった。

ルイ十六世の廃位は戦争につながる。厄介な摂政問題を惹起《じやつき》する。そういって嫌がる向きがあるのは、百も承知の話だった。最終的に廃位に運ばなかったとしても、それはそれで構わないという割り切りもある。最大限に意見を集約する作業は、なお無駄ではないと固く信じるからである。

——その爆発力で、まずは風穴を開けること。

それが重要だと、デムーランは考えていた。きっかけとなって国王裁判が実現しないともかぎらないからだ。最低でも国王誘拐事件というような冗談は、取り消してもらわなければならないのだ。

「もちろん、単に声明を出して終わらせるのでは、なんの力にもなりません」

壇上のラクロが続けていた。数日は界隈《かいわい》の話題になるかもしれませんが、それだけです。なにか、もう一工夫しなければならないと考えるべきでしょうね。

「具体的には」

「あー、よくぞ聞いてくださいました」

聴衆から問いが上がると、それをラクロは余人ではちょっと真似《まね》できないような、なんとも典雅な手ぶりで受けた。ああ、そうか、すらすらペンを走らせる真似をしたのか。

「署名です」

話者のラクロが説得力あふれるだけに、いっそう意外に感じられたのか、ざわと集会場の空気が動いた。なるほど、このフランスで革命が始まってからというもの、署名というような運動は行われたことがなかった。

驚きこそ本意と喜びながら、ますますラクロは聴衆を魅了していく。ええ、これは私の好みにすぎないのかもしれませんが、手荒な真似となると、どうにもお勧めする気になれません。また必ずしも効果的であるとも思われません。強く迫れば迫るほど、逃げられるばかりという理《ことわり》もございます。その場を凌《しの》がれてしまえば、あとは手もないという淋《さび》しささえ、なきにしもあらずなのです。

「反対に効くのが数の力です。押しが強いも弱いも関係なく、数は数として嘘偽《うそいつわ》りないところを語ります。しかも消えてなくなることがありません。いついつまでも事実として残るがゆえに、誰もが無視できないのであります」

「しかし、無視できないほどの数で署名を集められるのか」

「そこでございます」

ラクロは人差し指を立てた。先程も申し上げましたが、このジャコバン僧院の近辺ばかりが興奮しても始まりません。パリ中に熱気が満ちたとしても、まだ足りない。ならば声明文が仕上がり次第に複写を作り、フランス全国津々浦々の、ありとあらゆる愛国的結社に送るべきではないでしょうか。そう声を大きくしたいと申しますのも、ジャコバン・クラブの全国連絡委員として、日々ひしひしと実感してきたからなのです。

「地方は不満を抱《いだ》いております。歯がゆい思いを持て余しながら、だからこそ本部に待望してもいます。一日千秋の思いで待つのは、パリから勇気ある声明が出る日に他なりません。声が聞こえた暁には、先を争い賛同の意を示そうと、すでに身構えているのであります」

「それが署名ということか」

ラクロは大きく頷《うなず》いた。あまねく市民の署名を求めることにいたしましょう。その際には受動市民《パッシフ》も能動市民《アクティフ》もなく、のみか女性であれ、未成年であれ、一切の区別を行わずに、全ての市民に署名を求めて回れと、指示も徹底されるべきでしょう。一部の人間の思惑には従わない、ブルジョワだけが得をする世のなかは作らせないと、かかる底意も孕《はら》んだ活動なわけでございますし。

「いずれにせよ、目標は大きく一千万と掲げたいと思います。ジャコバン・クラブの声明を、一千万のフランス人の連名において、議会に提出してやるのです。そうして国民が真に願うところを、否応《いやおう》なく示してやろうというのです」

そこに賭《か》けるしかないと、それまたデムーランの考えだった。

議会における三頭派の優位は、もはや盤石《ばんじやく》のものがある。今日十五日の審議でも、王の不可侵性は絶対でないとするグレゴワール師、国王裁判を再度求めたビュゾやペティオンを向こうに回して、あちらのバルナーヴは独壇場の勢いだった。

自信に溢《あふ》れた所作、隅々まで通る声、巧みな比喩《ひゆ》に、明晰《めいせき》な論理運び、悪意の拡大解釈を用いた切り返しの妙にいたるまで、冴《さ》え渡る弁舌で左派の論客ことごとくを、完膚なきまで論破したのだ。

持ち出した論点は共和政だった。ラ・ファイエット一派が取り下げたからには、いくらでも攻撃できるというわけだが、過激な暴論の感がある主張は左派のなかでも一部が唱えただけである。にもかかわらず、全体が危険な共和主義者であるかの話しぶりで、バルナーヴは強引に論を進めた。

共和政は都市国家やアメリカのような人口が少ない新興国の政体であり、フランスのような人口過密な大国にはそぐわない。王政以外の選択肢がないゆえは、王の不可侵性は別して守られるべきである。したがって国王裁判は不可能であり、でなくとも意味がない。そう説得的に論じたあげくに、若き雄弁家は次のような言葉で演説を結んだ。

「そろそろ革命を終わらせようではありませんか。誰も今から、また始めたいわけではありますまい」

またも三頭派の本音が語られた。再び臆面《おくめん》もなくだ。これに留《とど》まらず、さらにバルナーヴは力強く論じたのだ。というのも、革命があと一歩でも先を行けば、危険な事態が起こらずには済まないのです。自由の原理の線上で作られるであろう次の法令は、今も議員の一部が実現しようとしているような、王政を廃棄する法令になるでしょう。ならば平等の原理の線上において、次に作られるであろう法令は、全体なんだと思われますか。

「所有権の侵害ですよ」

そう決めつけられたものだから、おおよそ中道ブルジョワでなる議会の多数派は、以前に増した勢いで三頭派の支持に流れた。投票の手続きで王の不可侵性を護持するべき旨を正式な議決としながら、これでヴァレンヌ事件は解決だとも打《ぶ》ち上げた。

もちろん、してやったりと三頭派は不敵に笑う。

──もはや手をつけられない。

デムーランの心も、すんでに折れかけた。議会では打つ手もない。民衆の圧力も容易に功を奏さなくなっている。バスティーユ陥落の記憶が生々しかった頃は、少し騒げば王も議会も折れたものだが、ここに来て議員たちは審議拒否、議会退場という対抗措置を発明した。ダントンのような大声の輩《やから》が、どれだけ沢山の息を吐いて張り上げても、その声を聞く議員がそこにいないでは、ひとつの言葉も届けられない。ああ、議会ではなにもできない。

──が、議会の外なら話は別だ。

そう思いたい、思わなければならないと、デムーランは自分を鼓舞した。

あきらめないのは、これで一七八九年の七月を経験した人間だとの自負が疼《うず》くからだった。あのときだって、軍隊を出されては手がないと絶望したのだ。その危機的な状況を、民衆が自《みず》ら動くことで変えたのだ。

今度も、できないわけがない。あの革命を取り戻せないわけがない。武器を取るとか、要塞《ようさい》を襲撃するとか、そんな上辺を模倣しろとはいわないが、より深いところの精神《エスプリ》を学ぶ意味では、一七八九年七月が優れた手本であることに変わりはない。

——だから、まずはジャコバン・クラブ。

そう考えて、デムーランは旧友の腕を取った。なにかできることはないか。議会に嘆願のようなものは出せないか。陳情活動、集会活動が駄目でも、署名活動ならやれるのではないか。

相談を持ちかけると、地方支部なら動かせるかもしれないと、それがロベスピエールの答えだった。かねて地方は三頭派の議会運営に不満を募らせている。ヴァレンヌ事件を取り扱う、まさに欺瞞《ぎまん》に満ちた態度については、いよいよ激怒の様子である。かかる憤懣《ふんまん》の受け皿を提示できれば、あるいは地方支部は動いてくれるかもしれない。

「ああ、わかったよ、カミーユ。全国連絡委員のラクロに話してみよう」

ロベスピエールが素早く動き、かくて当夜の演説に結実していたのである。

19——署名嘆願大作戦

ラクロも乗り気だった。同じ見通しを持つからで、ジャコバン・クラブが声明を出せば、地方は飛びつく勢いで、何百、何千と署名を集めてくるだろうと請け合った。

かかる楽観も裏を返せば、要《かなめ》のパリでは不安が残るという意味になる。が、それならば、払拭《ふっしょく》できる。パリなら頼れる男が、別にいる。大衆運動の大立者は、こちらもめげずに元気なのだ。

「ええ、ええ、ですから、私の提案は以上でございます」

と、ラクロが結んでいた。とはいえ、ジャコバン・クラブとしての決を採ります前に、会員諸氏には他クラブからのお客様の話を聞いていただきたいと思います。

「コルドリエ・クラブのジョルジュ・ジャック・ダントン君です」

そう続けて、流れるような手ぶりで演壇を空けると、紹介された巨漢が新たに歩を進めた。

こちらはこちらで印象が強烈な男である。迫力満点の相貌で、ざわつきが入りこむ隙《すき》も作らない。ラクロ演説の流れを途切れさせることなく、問答無用に話をつなぐ。

「ダントンだ。今夜はパリ市民の代表として来た。ジャコバン・クラブにフランス全土の意見を集約する考えがある。そう聞かされたが、俺《おれ》たちは俺たちで近日中、そうだな、明日明後日《あさって》のうちにも、シャン・ドゥ・マルスで署名活動をやるつもりだ。全国連盟祭の興奮さめやらぬ祖国の祭壇のところで、ルイ十六世なんざ王として認めない旨の誓言も大々的に求める気でいる。あんたらのなかに、もしや自分も参加するって向きがねえかと、そう思って声をかけさせてもらったわけだが……」

「それなら合同でやればいいんだよ」

ここぞとデムーランは声を高めた。ああ、合同でやろう。同じ署名活動なら、別々にやる理由がないよ。地方の署名活動はジャコバン・クラブの組織力に物をいわせる。パリの署名活動は街区《セクシオン》の動員力に物をいわせる。そうしてフランスの声を集約して、ひとつ議会に届けてやろうじゃないか。

「名づけて、署名嘆願大作戦だ」

そう言葉を打《ぶ》ち上げるや、波紋は確かに広がった。ああ、やろう。パリ諸街区とジャコバン・クラブが合同でやろう。

「声明文も同じものを使えばいい。各地に送られる複写と同じものを、シャン・ドゥ・

マルスでも配ればいいんだ」

「おいおい、明日とか、明後日とかの話だぜ。配布なんか、とても間に合うわけがねえ」

「印刷なら、コルドリエ街の印刷屋、このモモロが引き受けよう」

「といって、肝心の声明文がないじゃあ……」

「不肖ショデルロス・ドゥ・ラクロにお任せください。軍隊式の強行軍で、明朝にも草案を仕上げて御覧にいれましょう」

「文章を綴《つづ》ることなら、このブリソも作家先生に遅れるものではないぞ。ああ、それこそ新聞屋魂で、一気の筆を走らせてやる」

「おお、おお、ラクロ先生とブリソになら任せられるな。てことは、印刷の時間を勘定しても、明日中には声明文ができると。遅くとも明後日にはシャン・ドゥ・マルスで署名運動にかかれると。同時に地方に発送すれば、折り返しの署名簿が到着するのが八月の頭、この夏が終わる前に国民の声を議会に届けられるって寸法だ」

　やろう、やろう、是非にもやろうと、盛り上がる声が続いたことは事実だった。が、ジャコバン・クラブ全体としては、なお冷笑的な空気のほうが支配的だった。腕組みのまま動かず、あるいは今にも論駁《ろんばく》に駆け出そうとするかの前のめりで、いずれにせよ眼光鋭いという輩《やから》も一人や二人の話ではない。

実際に野次も飛んだ。

「おいおい、なに勝手に進めているんだ」

「煽《あお》られて、その気になったような署名が、本当に国民の声といえるのか」

「だいいち、ジャコバン・クラブが声明を出すなんて、全体誰が決めたんだ」

「ジャコバン・クラブには議員会員も多いんだ。議会に声を届けるのに、わざわざ署名嘆願の手続きを取る理由などない」

「そんなの、コルドリエ・クラブでやれ、コルドリエ・クラブで」

あとに嫌味な笑いまで続いて、あるいは空気は依然敵地と形容するべきなのかもしれなかった。

顔が売れているとはいえ、本来的にダントンは部外者である。デムーラン自身は会員だったが、なおジャコバン・クラブに大きな発言権があるではない。

ラクロやブリソとて、大同小異だった。いくらか文筆の冴《さ》えを評価されているだけで、有力会員というわけでも、議員会員というわけでもない。話をロベスピエールまで進めたところで、やはり極左の指導者のひとりという程度にすぎない。

ジャコバン・クラブの支配者は別にいた。デュポール、ラメット、バルナーヴの三頭派こそ、三人ながら事実上の頂点を占めている領袖《りょうしゅう》だった。

――これが最大の敵なのだ。

誘拐事件をでっちあげ、ヴァレンヌ事件を不問に付し、ルイ十六世を温存しようとしている張本人なのだ。強引なまでの手つきで実現しようとしているのが、ブルジョワ中心の世のなかなわけであるが、それをいうならジャコバン・クラブ自体が、中流以上の富裕層を主体とする団体なのだ。

署名嘆願大作戦などに、容易に動員できるわけがなかった。困難に挑むというより、奇蹟《きせき》を祈るというほうが近いくらいに、望み薄な話なのかもしれなかった。

もちろん、そうした事情は事前に承知していた。土台の見方が地方なら動かせる、いや、地方しか動かせないというものだった。パリは難しい、いいかえれば、このジャコバン僧院は動かしがたいと考えられていたのだ。

あえて動かそうとするならば、自ら好んで不愉快な思いをしたがるようなものだ。普通は試みないというのは、不可欠な手間というわけでもないからだ。

実際、シャン・ドゥ・マルスの署名運動なら、コルドリエ・クラブだけでできる。パリのみならず、地方の広がりも欲しいというなら、それも有志だけで進めたほうが邪魔も入らず、何倍も速いこと請け合いである。

それでもデムーランは作戦の肝として、ジャコバン・クラブを外す気になれなかった。ジャコバン・クラブの声明がつくとつかないとでは、運動の勢いからして別になる。

——今やフランス最大の政治団体だからだ。

その名前は是が非でも欲しい。皆が一丸とならなければならないと、それがデムーランの思いだった。

貧しい労働者だの、過激な前衛思想の持ち主だの、そうした一部の動きにすぎないとは取られたくなかった。富者も貧者もなく、保守も革新もなく、皆が現下の政治に疑問を抱き、適切な是正を求めているのだと、最低でも一丸となった体裁は整えなければならなかった。

なるだけ多くの人間を巻きこみたいからだ。フランス人が一斉に注ぎ入るような、巨大な奔流を作りたいからだ。さもなくば、議会は動かせない。

――さもなくば、革命を取り戻せない。

二年前の七月を経験した、それがデムーランの確信だった。

バスティーユの陥落で大団円を迎える、あの夏の数日だけは、富者も貧者も、保守も革新もなかった。いや、あのときだって、ないわけではなかったのだが、その違いを皆が束《つか》の間《ま》ながらも忘れたのだ。その一枚岩の連帯感が驚くべき力となって、不動の山を動かしたのだ。

それを今ふたたび取り戻さなければならない。目下の政治地図をひもとけば、ジャコバン・クラブより相応《ふさわ》しい旗はない。

――だからと必死に働きかけて、署名嘆願大作戦が容《い》れられる可能性は五分五分《ごぶごぶ》……。

そうしたところが、デムーランの観察だった。三頭派が強いといって、それも圧倒的な影響力を振るえるのは、議員会員たちに対しての話だからだ。

——ジャコバン・クラブには一般会員もいる。

しかも決して少なくない。選挙人がいれば法曹もいて、新聞屋がいれば学者もいる。商店主、職工の親方衆まで籍を有して、その素性から自《おの》ずと流動性が高いというのが、一般会員の特徴なのである。

だから、訴えようがある。必死の熱弁で味方にすることができる。そうして多数決の採決に持ちこめたなら、勝つも負けるも半々くらいの希望が開けないともかぎらないと、それがデムーランの見通しだったのだ。

——裏を返せば、そこに至る議論の段で潰《つぶ》されては……。

もはや、ぐうの音も出ない。一般会員の心までが離れるからだ。やはり三頭派だと、逆に向こうにもっていかれてしまうのだ。

その夜のジャコバン・クラブには、当然ながら三頭派も顔を出していた。後列のほうに椅子《いす》を占めて、まずは高みの見物という構えだった。ちらちらと何度も振り返りながら、その出方をデムーランは気にしないでおけなかった。

三頭派の郎党は必ず出てくる。領袖たちの意を受けて、こちらの目論見《もくろみ》を潰しにかかる。が、それならジャコバン・クラブの極左にも論客はいるのだ。

ロベスピエールがいて、ペティオンがいて、ブリソがいて、ラクロがいる。コルドリエ・クラブからはダントンが援護する。マラやモモロ、それに不肖カミーユ・デムーランだって、尽力するに人後に落ちるものではない。

――それでも戦慄《せんりつ》するべき相手はある。

三頭派の本尊が出てくるようなら、厳しいと考えざるをえなかった。ああ、デュポール、ラメット、なかんずく恐るべきバルナーヴ、この若き雄弁家が登壇するようであれば、ジャコバン・クラブの情勢は一気に悪化してしまう。

「殴りたおしてこようか」

壇を降りたダントンが、小さな声で耳打ちしてきた。いや、そのときが来たら、私がバルナーヴと論争しよう。ロベスピエールが緊張に目を吊《つ》り上げれば、ペティオン、ブリソ、ラクロといった面々とて、俄《にわ》かに顔面蒼白《がんめんそうはく》となる。

「いや、全員でぶつかろう」

気がつけば、デムーランのまわりには仲間がいた。だから、誰というのじゃなく、全員で戦おう。どう出られ、どう戦うことになるのか、皆目わからないけれど、そのときは全員で力を尽くそうじゃないか。

小声ながらも士気を鼓舞して、皆が覚悟の頷《うなず》きを返してくれたときだった。

「よろしいですか」

と、司会に質《ただ》す声が聞こえた。ええ、ひとつ提案がございます。独特の膨らみがある太い声だった。来た。やはりバルナーヴだ。が、どれだけの難敵であったとしても、逃げるわけにはいかないのだ。

デムーランは顔を上げた。その大きな鼻を睨《にら》みつけてやるつもりだった。

「明日にしましょう」

と、バルナーヴは続けた。あれ、とデムーランは首を傾《かし》げた。がちがちに身構えた矢先のこと、肩透かしの感さえないではなかった。いや、また逃げるのかもしれない。議会の審議拒否ではないが、三頭派は不本意な議論には端《はな》から加わらないという傲慢《ごうまん》を、ここでも貫くつもりなのかもしれない。

——しかし、勝手に決められたくはあるまい。

とも、デムーランは考えなおした。ああ、ジャコバン・クラブでは参加を拒否した時点で、もう負けになってしまう。議会のように定数があり、過半数があるわけではないからだ。あとの集会場で極左の一派が熱弁を振るい、残りの会員を掌握してしまったとなれば、不本意な結論が出ないともかぎらないのだ。

バルナーヴは続けた。ですから、言葉通りの提案です。ええ、声明文の採択ならびに署名運動の是非について、議論を詰めていくのは明日ということにいたしませんか。

「ラクロ氏、それにブリソ君が明日までに、声明文の草案を仕上げてきてくれるのでしょう。クラブとしての結論を出すためには、その内容を吟味しないでは始まりません」

それくらいの時間の猶予は、まだ残されているのではありませんか。そうバルナーヴに説かれては、あえて異を唱える者もなかった。

そのまま当夜のジャコバン・クラブが、すんなり散会となったのは、こちらとしても戦いが回避されて、ひとまず安堵《あんど》した気分がないではなかったからだ。

——しかし……。

よかったのだろうかと、デムーランは自問を禁じえなかった。明日にして、よかったのだろうか。こちらの取るべき姿勢としては、やはり即時の決戦であるべきではなかったのか。先延ばしが向こうから提案されたものならば、それを果敢に撥《は》ねつける勢いこそ必要とされていたのではないか。

自問は尽きない。それでも、もう明日の話なのだ。相手を逃がしたとか、自分が逃げたとか、あえて執着するような話でないとも思われた。

あとは三々五々家路につくのみだったが、そのときの仲間の様子に楽観のような空気が感じられたことだけは、デムーランも気にしないではいられなかった。

20──違和感

「ルイ十六世の権能停止は、王が憲法を受諾するまで」

かかるデムーニエ提案を正式に決議して、七月十六日の議会は審議を終えた。ヴァレンヌ事件を不問に付し、ルイ十六世を温存するからには、その復権の段取りも抜かりなく、連中としては予定の政治日程を順調に消化しつつあるというところか。

そんな話は許せないと、歯嚙《はが》みして悔しがっても仕方なかった。

──議会では目下できることがない。

ロベスピエールは審議終了が宣言されるや、もう議場を飛び出した。砂塵《さじん》を巻き上げる勢いで急いだ先は、無論のことサン・トノレ通りのジャコバン僧院である。

追いかけるようにして、ペティオンも細長い調馬場《マネージュ》を続いていた。やはりというか、同じことを考えていたようだった。

ジャコバン・クラブでは午後六時から声明文の吟味と、その内容を踏まえた署名運動の是非が議論されることになっていた。

ラクロとブリソは、やってくれた。ほとんど徹夜の作業で草案を仕上げると、それを昼休みの時点で仲間に読ませてくれたのだ。

――悪くなかった。

居合わせたコルドリエ・クラブからは、一部修正の要求が出された。が、それも中身に一段の磨きをかけるための前向きな要求だ。よりよい声明に仕上げるために労苦を厭《いと》うべきではない。ラクロとブリソも承知しており、休まず取りかかった引き続きの作業で、今頃は改訂版も完成しているはずだった。

――早く読みたい。

ロベスピエールが先を急いだのは、そうした理由もないではなかった。ああ、草案の出来を確かめたい。それは嘘《うそ》のない気持ちながら、大方は昼に目を通している。持たれるべき議論に備えて、さらに熟読しておきたい。それまた偽りない本音ながら、中身の吟味が始められるのは六時からの予定で、まだ時刻は四時をすぎたばかりなのだ。

場所からいっても、議会が置かれるテュイルリ宮調馬場付属大広間からは、ほんの五分もかからない。サン・トノレ通りのジャコバン僧院までは、俗にいう「二歩の距離」でしかないのだ。それでも早足になってまで、先を急がないではいられなかった。

——問題は採決だ。

と、ロベスピエールは心のなかで呟《つぶや》いた。署名運動の予定があるため、さらなる先延ばしは考えられない。議論白熱で時間が押しに押したとしても、夜半には投票になる。可否の確率は五分五分《ごぶごぶ》ではないかというのが、はじめにデムーランが寄せた観測だったが、それが昨夜《ゆうべ》に三頭派が示した、鷹揚《おうよう》とも、悠長とも、はたまた油断ともいえる態度で、あながち希望が持てないでもない感じになったのだ。

昨夜の時点で計画を潰《つぶ》されたら、草案すら作れなかった。それが一夜の猶予で、悪くないものが仕上がってきた。ジャコバン・クラブで声明文を出そうといって、実際に物があるのとないのとでは、説得力が別物になるはずなのだ。

「我々の優位は動かないと思うのだが……」

歩調を合わせて急ぎながら、ペティオンも楽観を言葉にした。いや、さすがにラクロは作家だよ。文学史に残るくらいの大作家だよ。ブリソにしたって、新聞記者のなかでは抜群の文才だ。ああ、あの男こそ天才だよ。

「あの草案なら、多くの会員を唸《うな》らせる。賛同の声が相次ぐ。多数決にも期待が持てるよ」

「ああ、持ちたいね」

調馬場の鉄柵《てっさく》を押し開けながら、ロベスピエールも応じた。けれど、油断は禁物さ。

三頭派の出方は、今にして考えても不可解だ。連中の立場で愉快な提案でないことは、すでに昨夜の段で明らかだったんだ。

「それを見逃したからには、なにか裏に策略を隠しているのかもしれない」

「とは、私も考えた。実際に少し探ってみたんだが、どうやら昨夜はデュポール、ラメット、バルナーヴの三者で、ラ・ファイエットと会談していたようだぞ」

「というと、ペティオン、また新たな議会工作か」

「会談の内容まではつかんでいないが、うん、きっと、その線だろうね。けれど、だからこそ好機と私はみているんだ。連中の関心は議会にある。ジャコバン・クラブは眼中にない。ことさら会員に声をかけて、声明反対、署名反対を根回しする素ぶりもないしね。議会での優位に自惚《うぬぼ》れて、もう自分たちの勝ちは動かないと、それこそ油断しているのじゃないかね、彼奴等《きやつら》は」

「それなら、ありがたいばかりだが、いずれにせよ、我々はできることをやろう」

ロベスピエールが返すと、ペティオンも力強い頷《うなず》きで、そのままの速歩きを続行した。採決のためにできることは、ひとつだった。六時にクラブの議論が始まる前に、できれば演説を打ちたかった。壇上に立つことができないときは、三々五々集まってくる会員を捕まえて、手当たり次第に説いてまわりたかった。議論に入る前に、ひとりでも多くを賛成に引きこむのだ。声明文の草案を知る強みを最大限に生かしながら、いかに魅力的で道義にかなう運動なのかを、あらかじめ周知させておくのだ。

――その逆を、三頭派はやるかもしれない。

ひとりでも多くを反対に引き抜こうとするかもしれない。あるいはラ・ファイエットの名前を出して、脅《おど》しをかけるつもりかもしれない。そう警戒を強くするほど、急がなければ、先んじなければと心が逸《はや》る。

サン・ヴァンサン通りを抜けて、いよいよサン・トノレ通りに入るときには、ロベスピエールは小走りというくらいになっていた。ところが、なのだ。

「………」

ロベスピエールは、いきなり立ち止まった。不意の違和感に襲われたからだった。

「どうしたんだね」

数歩先に進んでから足を止め、振り返るペティオンは怪訝《けげん》そうな顔だった。のみか猛《もう》禽《きん》を思わせる大きな目には、早く来いと責めるような色さえ動いた。

ロベスピエールは少し弁解めいた。いや、その気をなくしたわけじゃないんだ。

「しかし、ペティオン、なんだか奇妙な感じがしないか」

「なにが奇妙だというんだ」

「やけに静かだというか」

「静か、だって?!」

ペティオンは声を裏返らせた。それまた道理というべき話で、だから、もうサン・トノレ通りなのだ。パリ右岸の西部における最大の目抜き通りなのだ。

この都心が静かであるわけがなかった。ヴァンドーム広場をすぎれば、あとは郊外へと抜けていくばかりの行手は別として、ひとつ背後を振り返れば、往来が夥《おびただ》しいあまりに何台もの馬車が立ち往生する体《てい》なのだ。

「なに、ぐずぐずやってんだい。こちとら約束の時間があるんだ」

「うるせえ、偉そうに馬車なんか乗りやがって。大方が尻軽女との待ち合わせなんだろう」

「なんだと、きさま」

「みずぅ、みずぅ、水はいらんかね。セーヌ河の濁り水じゃないよ。井戸から汲《く》んだ綺麗な水だよ。四大元素のひとつだよ」

「どけどけ、どけどけ、こちとら急な御届《おとど》け物でえ。遅れちまったら駄賃の貰《もら》い損ねでえ」

怒鳴り合いに物売りの声が重なり、そこに再び怒鳴り声がかぶさる。なるほど、パリ最大の社交場パレ・ロワイヤルが沿道に鎮座すれば、そのまた東のレ・アルもパリ最大の市場だと来るわけで、しんと静まり返るはずもないサン・トノレ通りは、いつもの夕べの賑《にぎ》わいなのである。

「このサン・トノレ通りの、どこが静かだっていうんだい」

そうペティオンに質《ただ》されては、気まずく口籠《くちごも》るしかなかった。実際どうにも答えようがなく、ロベスピエールは自分の感覚ながらに解《げ》せなかった。

――今日にかぎって、どうして静かだなどと感じたのだろう。

そう自問してみて、ハッと気づいた。

東を向くまま、目を足元に落とせば、漆黒《しっこく》の影が長く伸びていた。まだ夕焼けというほどの赤みはないが、それでも太陽は西に落ち始めている。にもかかわらず、ジャコバン僧院の手前から伸びる影は、今日は二人きりだった。

「私たちだけかい」

と、ロベスピエールは声に出した。

議会が終われば、議員たちはサン・トノレ通りに移動する。ジャコバン・クラブの議員会員はジャコバン僧院に急ぐし、一七八九年クラブの会員はパレ・ロワイヤルに向かう。聖職者民事基本法の審議が紛糾《ふんきゅう》した昨年などは、同じ通りのカプチン僧院を根城にして、聖職議員の一団までがその肥満体を前後に連ねた。

ぞろぞろ行列ができるというのは、約束事の感さえある夕刻の風景だった。土台が賑やかなサン・トノレ通りに、しばしば深刻な渋滞さえ来《きた》しながら、その大移動の一部である当の議員の感じ方をいうならば、基本的人権の原則だの、政治的判断の優越だの、議会そのままの概念語が常に耳元を飛びかって、ざわざわ騒々しかったのだ。

「それがない。だから静かだ」

ロベスピエールは続けた。今日にかぎって、議員諸氏はどうして来ないのだろう。

「私たちが急いだからさ」

と、ペティオンは答えた。まだテュイルリにいるんだろう。ああ、ゆるゆると、これからやってくるんだろうさ。

「にしても、ばらばらと何人かは流れてきて、おかしくない頃じゃないか」

「だから、三頭派も、ラ・ファイエットも、もう油断してしまっているのさ。ゆっくり、のんびり構えてしまっているのさ」

「かもしれないが……」

「ああ、ほら、ロベスピエール」

ペティオンが声を高くした。指さしたのは、サン・ヴァンサン通りの奥だった。

行き止まりが、二人が出てきたばかりのテュイルリ宮調馬場の門である。その鉄扉を開け閉めするときの軋《きし》んだ音は、確かにロベスピエールの耳にも届いた。いや、そのこと以上に気配が、ざわざわと騒々しかった。

「ほら、ほら、きちんと来たじゃないか。ぞろぞろやってきたじゃないか。ああ、御所望の議員先生御一行だよ。サン・トノレ通りに流れてくる常連さんだよ。というか、三頭派に従う議員たちも来たぞ。いいのか、ロベスピエール、このまま追い越されて」

「あ、いや、連中に先んじられてはまずい。ああ、ペティオン、さっさと入ろう」

21――異変

僧院図書館を改造した集会場まで進むと、もう何人か集まっていた。

デムーラン、ダントン、マラと、コルドリエ・クラブの連中は四時より先に詰めていた。声明文にかかりっきりのラクロ、ブリソの両名にいたっては、より早い時刻からの待機、というか泊まりこみの作業のために、すっかり目を充血させていた。が、この二人に劣らず双眼を血走らせて、誰もが内心の興奮を隠しきれない体《てい》だった。

――いよいよ勝負のときだ。

会員の関心も高いらしく、いつもより集まりが早かった。それこそロベスピエールとペティオンの到着後間もなく、続々と詰めかけてきた感じで、五時を回る頃にはもう全ての席が埋まるくらいの勢いだった。

――また人数も多い。

顛末《てんまつ》を報道したい腹もあり、記者会員が漏れなく集まるのは当然だった。いつもなら本業が忙しい、忙しいと、なかなか顔を出さない選挙人のような輩《やから》も、その日ばかりは会員としての一票を活かすのだと、欠けずに出席を果たしていた。

――これなら、いける。

本当にいけると思うほどに、大人しくなどしていられない。

会員の間を泳ぐように徘徊《はいかい》しながら、首謀者となった面々は時間が許すかぎりと、必死の熱弁を続けた。いや、ややこしい問題を論じるつもりはないのです。要するにヴァレンヌ事件を不問に付すような不正義を、許してよいのかどうかという話です。憲法をないがしろにするつもりはありません。声明文にも明記される予定ですが、あくまで憲法に抵触しない手段で解決を目指します。共和政を目指すなんて、とんでもない。我々とて、理想は立憲王政なのです。フランスの王位は執行権の長として、今後も護持されるのです。

「ただルイ十六世だけは廃位しなければならない。それが、けじめというものです」

「しかし、それでは憲法に謳《うた》われる王の不可侵性を否定することにはならないかね」

「そこなのです。六月二十五日以来、ルイ十六世の権能は停止させられています。今日十六日の議会では、憲法を批准した時点で執行権の長に復帰すると決まりましたが、それは先の話であり、今現在の状態をいえば、まだ権能停止は続いているわけです」

「それが、どうだというのだね」

「権能を行使できない、執行権の長ではない、つまり今のルイ十六世は王でない状態なんです。ただの市民、試みに名前をつけるなら、市民ルイ・カペーということになります。不可侵の原則に守られるべき存在ではない。その処罰は合憲というわけです」

「なるほど、ひとつの理屈ではあるね」

会員の頷《うなず》きも繰り返された。返るのは共感の言葉ばかりだった。明日以降シャン・ドゥ・マルスで予定される署名活動にも参加しようと、意欲的な声まで多く寄せられた。必死に説いたあげくの感触は、悪くないものだったのだ。

早く声明文を読みたいものだ。明日には運動に着手できるな。囁《ささや》きが相次げば、もう結論が出たかの空気も漂い始めた。かかる熱気のなかで、時計の針は六時を回った。

――しかし……。

予定の議論は始まらなかった。いや、始めて始められないことはなかったが、どれだけの言葉を重ねようと、採決までは漕《こ》ぎつけられそうになかった。

――会員の説得に夢中になって……。

この時間まで気づかなかった。ロベスピエールは頭を抱えた。

――三頭派が来ていない。

なるほど、こんな理想的な空気が満ちているからには、反対派が居合わせるはずがないと思いながら、それでもロベスピエールは仲間に確かめないではいられなかった。本当なのか。よく探したのか。本当に、どこにもいないのか。

「別室にいるんじゃないか。あるいは前庭にたむろしているとか」

無言のまま、首を左右に振ったのはペティオンだった。どこにもいない。ああ、このジャコバン僧院には本当に来ていない。

「デュポール、ラメット、バルナーヴの三人どころか、議員会員の大半が来ていないのだよ」

連中の得意技というわけさ、とペティオンはまとめた。一方的な審議拒否という意味である。しかしと、ロベスピエールは逆接で受けないではいられなかった。

「しかし、議員たちは確かに来たではないか。サン・トノレ通りに来たではないか」

「そういえば、そうだったね」

今度はペティオンも、おかしな形に眉《まゆ》を歪《ゆが》めた。ああ、確かに、ぞろぞろやってきた。急ぎ足の私たち二人からは後ろだったが、それでも五分と遅れていやしなかったろう。

「議場に引き返したんじゃねえか」

ダントンが話を転じた。あるいはテュイルリのルイ十六世に呼び戻されたとかな。

「ラ・ファイエットかも知《か》れんぞ」

くくくと笑いを噛みながら、続けたのがマラだった。サン・トノレ通りまで来たのは間違いないとして、向かったのはサン・ヴァンサン通りの角から東のほう、つまりはパレ・ロワイヤルのほうなんじゃないか。

「三頭派は一七八九年クラブに宗旨替えしたという御説《おせつ》かい。マラ先生ときたら、こんなとき冗談にも程があるよ」

デムーランは軽口めかして窘《たしな》めた。が、直後にはオロオロしなければならなかった。誰ひとり、苦笑ひとつ、浮かべなかったからだ。

空気は重苦しくなるばかりだった。起きつつあるのは、もはや明らかな異変だった。いや、こんな風に額を突き合わせていても、それこそ埒《らち》が明かないというものだ。

「予定の時刻はすぎたんだ。我々だけで始めてしまおうじゃないか」

ペティオンが切り出した。受けたのはブリソである。ああ、草案の吟味だけなら、始めて差し支《つか》えないのじゃないか。ジャコバン・クラブの内輪というか、ここに出席している会員の間では、そう大きな意見の相違はあるまい。擦《す》り合わせが必要になるとすれば、コルドリエ・クラブとの間の話だが、皆さんはきちんと来ておられるわけだし。

「三頭派ならびに議員会員の面々には、採決に間に合ってもらえればいいだろう」

「ええ、三頭派が現れる以前に大勢《たいせい》を固めておくというのは、手かもしれませんね。連中の全員が反対票を投じても、可否が裏返らないくらいの絶対多数を、あらかじめ確保して迎えるという」

ラクロがさらに話を進めたが、そうすると、懲りないマラは再び冷笑気味だった。だから、三頭派は遅れたのじゃなくて、来るつもりがないいんじゃないかね。参加を拒絶することで、端《はな》から廃案にするつもりだったんじゃないのかね。

「草案ばかり仕上げさせて、その努力を嘲笑《あざわら》いながら、ね」

頭上から言葉をかぶせるようなダントンは、いよいよ面倒くさげだった。だったら、議論なんか余計な手間だぜ。コルドリエ・クラブなら、もう昼間の直しで十分なんだ。

「今すぐ決を採っちまえよ。三頭派なんか抜きで構わねえよ。審議拒否だなんてふざけた真似《まね》が、仮に議会じゃ通用しても、ジャコバン・クラブじゃ通用しねえって、この際だから、わからせてやればいいんだ」

「駄目だよ、ダントン、それは駄目だ」

「どうしてだよ、カミーユ」

「だから、前にもいったじゃないか。ジャコバン・クラブの大義が必要なんだよ。フランス最大の政治クラブが公明正大に、誰にケチをつけられることもない手続きを踏んで出した声明だから、フランス国民も一丸になることができるんだ」

「というが、要するにジャコバン・クラブの名前があればいいんじゃねえか」

「そう簡単なものじゃない。ああ、ダントン、嘘《うそ》は駄目だよ。すぐにバれて、人々の署名の意欲さえ萎《な》えさせるよ」

デムーランは譲らなかった。それは大きなクラブだから、賛成もあれば反対もある。

それでも、ルイ十六世の廃位という結論が出たことが大きいんだ。

ダントンも引かなかった。だから、結論は出るんだよ。議会とは違うんだよ。

「議員定数があるわけじゃねえ。法案を成立させる過半数があるわけじゃねえ。そのとき参加していた会員の多数決で、クラブとしての結論は出せるんだ。これは正式な手続きだぜ。しかも三頭派に反対されても、勝てるって形勢にまで来てるんだ。堂々とルイ十六世の廃位を主張して、恥じる理由なんかねえよ」

「それはそうだけど、やはり理想的とはいえないよ。大切なのは、むしろ反対意見があったことなわけだからね。それを乗り越えて出された決議だから、ものをいうのさ。議会で出鱈目《でたらめ》をやっている連中を含めて、ヴァレンヌ事件のけじめだけはつけなければならないと皆が認めた、自発的でないとしても、皆が認めさせられたことになるわけだからね」

「だったら、カミーユ、どうしろってんだよ」

ダントンが問いかけても、デムーランは答えなかった。ううむと唸《うな》り、それきり言葉が出てくるような様子もない。

またダントンのほうも、強《し》いて求めるではなかった。皆の視線を集めていたのはむしろ自分であることに、ロベスピエールは気がついた。ペティオンも、ブリソも、ラクロも、果てはマラやデムーランまでが、同じように注視している。ということは、この私に決断しろといっているのか。指導者として命令しろと求めているのか。

「ううむ」

ロベスピエールは腕を組んだ。簡単に答えが出る話ではなかった。生来の真面目《まじめ》な性格から、簡単に答えを出して、その結果に対する責任を取れるのかとも、自問せずにはいられなかった。が、このまま沈黙を守ることとて、また許されるとは思えない。だから、ううむ、そうだなあ……。

「三頭派は、あちらにいました」

集会場に飛びこんだ声があった。目を飛ばすと、人波に揉《も》まれていたのはコルドリエ・クラブのモモロだった。印刷業を営む男で、声明文が採択された暁には、すぐさま刷り上げてくれることになっていた。

「通してくれ、モモロ氏を通してやってくれ」

「おら、てめえら、さっさと道を開けやがれ」

ロベスピエールの声が通ったというよりも、ダントンの一睨《ひとにら》みが効いて、ほどなく集会場の奥まで歩を進めてきた。モモロは額に玉が幾筋も流れるほど汗だくだった。夏ということがあり、小太りということがあるが、それにしても慌てて駆けてきたのだろう。肩で息をしながら、このときも大急ぎで始めたことには、いや、びっくりしましたと。なんでも修正部分だけ置きなおせばいいように、草案の活字並べを済ませてきたので、モモロはサン・トノレ通りに来るのが遅れてしまったという。とうに議論が始まっているると思いきや、論敵となるはずの三頭派がジャコバン僧院でなく、あちらのほうにいたのだから、たいそう驚いてしまったと。

「誰か教えて下さい。一体どういうことなんです。なんだって、三頭派はあちらに」

質《ただ》したいところを逆に質されて、ロベスピエールは困惑した。

「あちらというのは、モモロさん、外ということですか」

そう確かめたのは、モモロが出口のほうを指さしていたからだった。ジャコバン僧院の前庭ということですか。建物に入らず、ぐずぐずしているということですか。

「とにかく、三頭派は来たんですね。来ることは来たんですね。仲間の議員たちも一緒なんですね」

いったん問い始めると、ロベスピエールは止まらなくなった。勢いに押される形で息を止め、それを大きく吐き出してから、モモロはきちんと答えてくれた。ええ、仲間の議員も一緒です。けれど、いるのは僧院の前庭より、もっとあっちです。

「サン・トノレ通りを横断した、向こうのフイヤン僧院のほうです」

「フイヤン僧院ですって」

「ええ、デュポール、ラメット、バルナーヴ揃《そろ》い踏《ぶ》みで、なにやら話を始めてます」

「とすると、やはりラ・ファイエットも一緒かね」

マラが問いを挟んだときは、不謹慎な軽口のようにも聞こえた。が、あにはからんや、これにもモモロは応《ウィ》と答えた。ええ、来ていたようですよ、ラ・ファイエットも。だから、全体どういうことなのかと、わけがわからなかったのです。

「…………」

行ってみようと、それがロベスピエールが指導者として辛くも下した決断だった。とりあえず、行ってみるしかない。なにごとか確かめないでは始まらない。

22――フイヤン・クラブ

フイヤン僧院はルイ・ル・グラン広場南口の正面、ジャコバン僧院からすると、もう少しだけ西に進んだ斜向《はすむ》かいに鎮座していた。

人垣がサン・トノレ通りまではみだしていた。たまたま通りがかれば、モモロならずとも異変に気づいたこと請け合いだった。大方が物見高い野次馬で、三頭派とラ・ファイエットが集まっているようだと、口々にいうこともモモロと大して変わらなかった。

沿道の塀を抜けると、こぢんまりした前庭が現れた。左手が聖堂になっていて、正面になかなか見事な彫刻が施されているところ、簡素なジャコバン僧院とは自《おの》ずから趣を異にする感じだった。奥のほうに僧院の棟が並んでいたが、こちらは静まりかえっていて、がやがや人が集まるのは、その聖堂で間違いないようだった。

ロベスピエールは仲間と一緒に歩を進めた。行手に立ちはだかるのも、木彫の立派な大扉だった。押してみたが、やはり重くて、簡単には動かない。後ろからダントンが一《ひと》蹴《け》りしたので、それもバンと大きな音を響かせながら、一気に開いた。

なかに集う人々が、一斉にこちらを振り返った。そうして覗《のぞ》いた面相を確かめれば、またもモモロの報告に嘘《うそ》はなかった。

デュポール、ラメット、バルナーヴの三人は、確かに揃《そろ》い踏《ぶ》みである。神経質そうな白い顔で、ラ・ファイエットも眉間《みけん》に皺《しわ》を寄せている。が、それだけではない。

「シェイエス、タレイラン、それにランジュイネ、デュポン・ドゥ・ヌムール、えっ、バレール、それにグレゴワール師まで……」

錚々《そうそう》たる面々だった。のみか、仲間であるはずの左派までがいた。が、ここはテュイルリ宮調馬場付属大広間《マネージュ》ではない。裏の塀ひとつ越えれば調馬場の砂場になるが、それでも全く別な敷地だ。議会でないというのに、これだけの議員が集まる謂《いわ》れはない。

「これは、なんの集まりです」

ロベスピエールは叫ばずにいられなかった。

「藪《やぶ》から棒に無礼じゃないか。それに、なんの集まりかとは、心外な聞かれ方だなあ」

一番に答えたのは、やはり軽薄な印象が否めない「両世界の英雄」こと、ラ・ファイエット侯爵だった。ロベスピエールは受けることができた。ああ、そういうことですか。

「これは一七八九年クラブですか。パレ・ロワイヤルから引越してきたのですか」

「いえ、こちらは憲法友の会ですよ」

そう正した言葉は、周囲を圧する響きを伴うものだった。フイヤン僧院に集う人々の列から踏み出し、ぐんと前に突き出されていたのは、今や議会一の雄弁を謳《うた》われる男の大鼻だった。

バルナーヴは続けた。ええ、憲法友の会は憲法友の会で間違いありません。ですが、今日七月十六日をもって、一七八九年クラブの皆さんが合流を決めてくださいました。

「もちろん我々は喜んで迎えましたので、いっそう強力に成長した憲法友の会といえましょうか」

「馬鹿な……、そんな馬鹿な……。だって、憲法友の会とはジャコバン・クラブのことじゃないか。私たちこそ憲法友の会であって、こんな、こんな、あなた方の……」

「憲法友の会ですよ、ここは」

バルナーヴは繰り返した。ええ、私たちが憲法友の会なのです。反対にロベスピエール議員、あなたがたはジャコバン僧院に集う、単なるジャコバン・クラブにすぎない。憲法友の会を名乗るのは向後《こうご》お控え願いましょう。

「ただ、こちらとしても憲法友の会は、あくまで正式名称です。普段は構えることなく、フイヤン・クラブとでも呼んでください」

「…………」

「フイヤン・クラブの設立という言い方なら可能でしょうね」

要するに三頭派は新しい政治クラブを立ち上げた。ジャコバン・クラブに属していた議員会員の大半を引き連れながら、一七八九年クラブと合同するという荒技に訴えて、大胆な政界再編に出た。

——なるほど、私たちは邪魔な存在だったろう。

三頭派にせよ、ラ・ファイエットにせよ、現議員の全員が九月末日で議席を失うことになる。その先も政治活動を続けようと思うなら、足場はクラブに置かざるをえない。が、ジャコバン・クラブにいては、うるさい輩《やから》がいる。なにもできないくせに、うるさくて、しつこくて、やりにくくってかなわない。だから、新しいクラブを作ると、そういう論法で導き出した結論が、フイヤン・クラブの設立というわけなのだ。

——恐るべし、三頭派。

道理を認めて、なおロベスピエールは容易に信じられなかった。あるいは信じたくなかったというべきか。

——これは単に別々にやろうという話ではない。

袂《たもと》を分かつというだけなら、こんなジャコバン・クラブの間近に新たな拠点は求めない。それ自体が一種の威圧だ。自らの興隆を間近に誇示して、つまりは残り滓《かす》のジャコバン・クラブなど、なるだけ早く潰《つぶ》してやろうという腹なのだ。憲法友の会と正式名称を変えないのは、早晩ひとつに戻るという自信の表れと取るべきなのだ。

——とすると、私の足場は……。

呆然《ぼうぜん》とするあまり、心ここにあらずだったと自覚したのは、ジャコバン僧院に戻ってからのことだった。ロベスピエールは今こそと自分を鼓舞した。ああ、この場でだけは意識を失うわけにはいかない。三頭派がいなくなるなら、なおのこと私が決断しなければならない。

現にペティオンは聞いてくる。

「どうするね、ロベスピエール」

ダントンも畳みかける。

「やっぱり、俺《おれ》たちだけでやるしかねえだろう」

「いや、拙《まず》いよ。まさに最悪の事態だよ」

デムーランは嘆いた。こうなれば仕方ないと、僕らだけで決を採っても、もうジャコバン・クラブの大義は翳《かざ》せなくなってしまった。いや、ジャコバン・クラブの名前はあっても、憲法友の会の名前はないというか。いや、憲法友の会でもあるけれど唯一無二の団体でないというか。頭がこんがらがってくるけど、とにかく議員会員だって、ロベスピエール、ペティオン、ビュゾと数えるほどしかいなくなって、とてもじゃないが、もうフランス最大の政治クラブだなんていえなくなったんだ。

「全体を取りこむ大義にはならない」

「だったら、どうしろってんだよ」

そうダントンに迫られて、デムーランは再び口を噤《つぐ》んでしまった。やはり他に手はないということだ。はじめに考えていたほど理想的でないどころか、もはや最悪の事態でさえありながら、それを容認するしかないというのである。

沈黙が続いた。あとは自分が答えるのみなのだと、それはロベスピエールにもわかった。どう決断したものか、迷いを払拭《ふっしょく》できたわけではない。結果について責任を取れるのかと問われれば、その答えも覚束《おぼつか》ない。といって、もう他に手はなくなったのだ。

「ああ、やろう」

と、ロベスピエールは声に出した。ああ、声明文を採択しよう。ジャコバン・クラブの主宰で署名運動を始めよう。そうすることで、我々のクラブこそ真の憲法友の会であることを、見事に証明してやろうじゃないか。

「明日はシャン・ドゥ・マルスだ」

そう打《ぶ》ち上げれば、確かに高揚感はあった。ああ、署名嘆願大作戦を成功させてやる。そうして必ず議会を動かしてやる。が、そうした決意のままに運んでくれる現実など、我ながら少しも想像することができなかった。

――いや、こんなことではいけない。

断を下した人間からして弱気なのでは、成功するものも成功しない。ああ、いくらか不安に駆られただけだ。馴《な》れない責任の重さに、いくらかたじろいだだけなのだ。そう自分に言い聞かせながら、ロベスピエールは努めて前向きに考えることにした。

23——出発

「出発はバスティーユにしよう」

そう提案して、デムーランは仕切り直しのつもりだった。

署名運動の舞台はシャン・ドゥ・マルスで変わらない。セーヌ左岸の西側に拓《ひら》かれた練兵場は、同じ左岸のコルドリエ街からすれば、まっすぐ向かうほうが楽には違いなかったが、そこで楽をする意味があるとも思われなかった。

——むしろ、逆だ。

わざわざ右岸に渡り、それも東側のバスティーユを集合場所にと持ちかけたのは、えんえん歩けるからなのだ。

いいかえれば、シャン・ドゥ・マルスまで皆で行進することができる。看板を仕立て、政見を訴え、また署名運動の実施を触れて回りながら、パリの方々を経巡《へめぐ》ることで少しでも多くの参加者を募りたいと、それがデムーランの考えだった。

――フイヤン・クラブの設立なんて波乱が起きたからには、少しでも……。

あるいは思いつきひとつで仕切り直せるような、そんな簡単な話ではないのかもしれなかった。三頭派がジャコバン・クラブを離脱して、ラ・ファイエットの一派と結びついた。あとのジャコバン・クラブは残り滓《かす》のようなものにすぎない。もはやフランス最大の政治クラブでなく、もちろん総決起の大義となりえる名前でもない。

デムーランが構想し、また尽力してきた署名嘆願大作戦にとっては、重大な、あまりにも重大な損失だった。といって、カミーユ、落ちこんだって仕方がないだろう。

――めげたからと、なにか解決するわけじゃないぞ。

悲嘆に暮れやすい性格だけに、デムーランには経験則もあった。ああ、落ちこんでいいと思うのは、単なる甘えだ。いくらか心は慰められるが、それだけの話だ。この不本意な事態を変えたい、いくらかでも前進させたいと思うなら、時間の無駄にしかならない。成就させせんと欲する願いがあるならば、いつだって行動しなければ始まらない。

――そうでしょう、ミラボー伯爵。

いうまでもなく、デムーランの胸奥には二年前の夏の日々があった。パレ・ロワイヤルでミラボーに捕まった。演説してこいと、けしかけられた。かくて蜂起《ほうき》を呼びかけて、それが七月十四日のバスティーユ陥落につながった。

――思い出すだけで、今も痛快なばかりじゃないか。

だから、バスティーユだ。気分なりとも仕切り直せれば、とりあえずは十分だともデムーランは考えていた。ああ、バスティーユは民衆の勝利が刻まれた革命の聖地なのだ。そこから行進を始めることで、決意も新たに署名運動に取り組むのだ。ああ、あきらめるのは、まだ早い。

──だって、絶好の政治集会日和《びより》じゃないか。

七月十七日、日曜日、その待たれた朝が来てみると、パリは抜けるような青空に恵まれていた。

数日の晴天続きで、今年の七月は天気ばかりは、どんよりした曇り空の一七八九年とも、盥《たらい》をひっくり返したような土砂降りの一七九〇年とも、まるで別物の印象だった。バスティーユへの道を進む足取りも軽かった。シテ島を抜け、右岸に渡り、シャトレ裁判所の辻《つじ》からサン・タントワーヌ通りに入り、そこまで順調に来てから、ふとある思いに捕われた。

──験《げん》を担ぐつもりなら、快晴こそ不吉と受け取らなければならないのか。

デムーランは自分を冷やかす笑みを浮かべて、こつこつ額のあたりを叩《たた》いた。まて、まて、カミーユ、こだわるような話じゃないぞ。これまでだって、悪い天気が幸いしたわけじゃないんだ。署名活動を試みるなら、やはり晴れるに越したことはないんだ。

「…………」

かつて要塞《ようさい》兼監獄だった石材の塊《かたまり》は撤去され、今のバスティーユは更地の広場である。デムーランが到着すると、すでに先客がいた。それも一人や二人でなく、恐らくは万の単位という数だった。が、いくら大勢の参加を募りたかったといって、さすがに歓迎する気にはなれなかった。

――国民衛兵隊が……。

どうしているのか、わからない。が、事実としてバスティーユ広場には、数個大隊の規模が集結を果たしていた。司令官ラ・ファイエットまでが来ていて、なにやら白馬の上から訓示を授けているようだった。ああ、諸君らの使命は、革命の精神と社会の秩序を守り、これを否定し、また平和を覆さんとする反革命の輩《やから》と戦うことにある。

「当地における執行権者たるパリ市は、すでに憲法制定国民議会の決議に反するような如何《いか》なる意思の表明も、いっさい容認しない方針を固めている」

取り締まりか、とデムーランは心に吐いた。いや、そんな大した話じゃないか。ああ、脅《おど》しとか、嫌がらせとか、それくらいが関の山で、実際に実力行使なんてできるはずがないんだ。

侮る気持ちが働いていた。ひとつにはルイ十六世のような鈍い太っちょに、まんまとテュイルリ宮殿から逃げられた国民衛兵隊など、なにするものぞと思うからだった。

もうひとつが経験則で、治安維持を謳《うた》いながら国民衛兵隊が出動するようになった当初こそ、ルイ十六世の兵隊と同じかもしれない、容赦なく弾圧してくるかもしれないと恐れたものだが、実際は違っていたことがある。

所詮《しょせん》は素人を集めた民兵隊ということで、大抵が脅しか嫌がらせの範囲に留《とど》まってきた。威嚇《いかく》射撃を超える暴力など、これまで行使された例《ためし》がなかったのだ。

――署名運動のことは聞いているはずだから……。

ラ・ファイエットとしては、予《あらかじ》め釘《くぎ》を刺しておくつもりなのかもしれない。いや、根が軽薄男であり、それほど確たる考えもないのかもしれないが、それとして国民衛兵隊の集合場所にバスティーユが選ばれたことについては、デムーランも業腹《ごうはら》だった。

革命を冒瀆《ぼうとく》している貴様らに、この革命の聖地を踏んでもらいたくないという思いがある。連中にも我こそ革命の申し子と自負があるのかもしれないが、志に殉じるならバスティーユだと、ラ・ファイエットと同じ程度の考えしかできなかったとするならば、そんな自分もまた悔しく感じられた。だから、ああ、こだわるまい。

――それなら余所《よそ》に移動するだけのことだ。

デムーランは、あくまでも前向きだった。

実際、仲間たちはサン・タントワーヌ門のほうにいた。もともとバスティーユの建物と連続していた門だけに、広場を掠《かす》めて迂回《うかい》する道すがらで見落とすこともなかった。

集合を果たした刹那《せつな》の気分をいっても、それほど悪いものではなかった。

ダントン、マラ、それにモモロと、コルドリエ・クラブの面々は打ち合わせ通りに駆けつけていた。クラブの「中央委員会」で書記を務めるのがロベールだが、その下部機関として従えている「建築労働者連合」に動員をかけたらしく、大工、左官、石工《いしく》といった風体《ふうてい》も多く集まっていた。

ざっとみて、百人はいたろうか。なかんずくデムーランを喜ばせたのは、署名嘆願大作戦の呼びかけに応じて、サン・タントワーヌ門にはサンテール、マイヤールというような顔も確かめられたことだった。

麦酒《ビエール》醸造を手掛ける企業家のサンテールは、近年の政治活動でも知られているが、そもそも従業員を率いながら、バスティーユ総攻撃に参加したという、筋金入りの闘士である。マイヤールも同じ渦中にいた人物だが、加えるに十月五日、六日のヴェルサイユ行進を先導したことでも有名である。

――やはりというか、あの七月十四日の栄光が蘇《よみがえ》る。

デムーランは興奮してきた。顔ぶれが揃《そろ》うことで、少なくとも蘇るような期待感は膨らんだ。午前十時、そろそろ出発しようと行進を開始して、あのときのようにパリ市政庁の方角に向かうほど、やるぞ、やるぞと気分は盛り上がるばかりだった。ああ、看板を高く掲げろ。声のかぎりを張り上げろ。玄関に、沿道に、露台《バルコン》に屯《たむろ》している人々に働きかけて、ひとりでも多くを正義の行いに参加させろ。

「ええ、署名運動を行います。シャン・ドゥ・マルスの祖国の祭壇で、ヴァレンヌ事件を総括したいと思います」

「もう議会に任せてはおけません。王の逃亡を不問に付されて、疑問を感じている皆さんは、どうかシャン・ドゥ・マルスに足を運んでみてください」

「我々こそフランスの主役です。向後《こうご》フランスが進むべき道を、皆で話し合おうじゃありませんか」

「だから、ちょっといってくるよ」

呼びかけに専心する仲間たちに断ると、デムーランはサン・タントワーヌ通りを逸《そ》れて、ひとりグレーヴ広場に向かった。あの夏の日に夜明かしして、ここも懐かしい場所だったが、もちろん無闇《むやみ》に郷愁に浸りたいわけではない。

「ああ、市政庁に寄っていく」

そう続けると、マラが、くくくと笑いを噛《か》んだ。まさか、カミーユ、商人頭フレッセルの首を取ろうというんじゃなかろうね。

「残念ながら、もう御臨終あそばされているよ」

「知ってるよ、それくらい」

「だったら、なんなんだ、カミーユ」

ダントンも確かめてきた。デムーランとしても、隠しだてするような話ではなかった。

「パリ市から署名運動の許可をもらっておこうと思ってさ」

「そんなもの、いるかよ」

「いらなくても、もらっておくのさ。あとで揉《も》めたくはないからね。万が一、国民衛兵隊がシャン・ドゥ・マルスに来ても、こちらが市政庁の名前を出せれば、やつら、大人しく引き下がらざるをえなくなるだろうしね」

「おいおい、武器持参でテュイルリ宮を襲撃しようって話じゃねえぜ」

「いや、ダントン、ここはカミーユのしたいようにさせたがいいさ」

最後はマラが引きとった。要するに念には念を入れたいって、万が一にも荒っぽい話は御免だって、小競り合いのひとつも起こしたくないって、そういう話さ。

「能動《アクティフ》市民も受動《パッシフ》市民も関係なく、今日は御婦人方の署名までみこんでいるわけだからね。すでに一名ほどは参加を表明なされているわけだからね」

いわれて、デムーランは振り返った。前庭に通じる階段を後から追いかけてくる女がいた。栗色《くりいろ》の巻毛が夏の陽光に、きらきら輝いている。こちらを見上げて、向こうも眩《まぶ》しそうに目を細めている。

その日はリュシルも一緒だった。

いつも一緒というわけではない。いつも同道したいと、しゃしゃり出てくる女でもない。とはいえ、妻として夫の活動を助けたいと、そういう意欲は元から旺盛《おうせい》なのだ。

数日来の入れこみ方をみていたからだろう。自分も参加したい、少しでも力になりたいと、今度ばかりはリュシルも譲らなかった。

蜂起というなら、じっとして家に隠れる。王だの、閣僚だの、議員だのを追い詰める抗議集会にしても、大声を張り上げ、拳《こぶし》を突き上げ、あるいは看板を仕立てながら威嚇を加える、いわば一種の暴力なのだから、それまた無理に出たいとは望まない。喧嘩《けんか》も起こる、警備の国民衛兵隊も出る、全く危険がないではないと断られれば、やはり諦《あきら》めざるをえない。

「けれど、十七日の日曜は署名運動なんでしょう」

それなら自分にも手伝えると、それがリュシルの主張だった。

「お祭りの会場でやるんでしょう」

そうも確かめられてしまえば、デムーランも弱かった。シャン・ドゥ・マルスの祭り騒ぎは、紛れもない事実だったからだ。厳《おごそ》かな式典が挙行された十四日当日は措《お》くとして、あとの日々は屋台だの、露店だの、見世物小屋だのが繰り出して、本当に賑《にぎ》やかな場所になっていたのだ。

その楽しさゆえの人出を見込んで、署名運動を成功させようという腹であり、そこをリュシルに突かれてしまえば、危険だ、大変だ、これは遊びじゃないんだの一点張りも難しかった。

入れこんだというならば、大作戦、大作戦とパリ中を駆け回り、妻のことは数日というもの、部屋にほうっておいていた。その後ろめたさも弱気につながって、デムーランを折れさせた。けれど、リュシル、わからず屋にしつこくしたらいけないよ。どんなに説いても、通じない相手には通じないものだからね。

「一筆ほしい、一筆ほしいと頼むのも、相手によりけりということさ」

そう自《みずか》らが妻に与えた訓示が思い出されてきた。押したり引いたりすること、およそ二十分にして、デムーランも引き下がらざるをえなかった。

パリ市に署名運動の許可を申請すると、そんなものは出せないという返事だった。出したくないというのでなく、出した前例がないからという、御役所《おやくしょ》そのままの返事なのだ。市政庁としても、庶民大衆の突き上げが怖いので、以前のような高圧的な態度ではなくなっているのだが、なおできないものはできないという。

「それでも報告はしましたからね。許可はもらえないまでも、我々は署名運動の申請は、きちんと届け出ています。パリ市政庁はそれに反対なさらなかったと、そういうことで、よろしいですね」

念を押してから、デムーランは仲間の行進を追いかけた。

24——祖国の祭壇

皆でシャン・ドゥ・マルスに到着したとき、時刻はもう十一時をすぎていた。

パリ右岸から左岸へと抜けてきた行進で、全部で三百人ほどは引き連れることができた。まずまずの成果だが、時間のほうは考えていたよりもかかった。練り歩いた距離が距離であれば仕方ない話なのだが、一分一秒でも惜しい気持ちも、かたわらで本音である。ああ、いくら夏季で日暮れまで時間があるとはいえ、これだけの好機を逃すのならば、なんとも悔しい。一分一秒でも惜しい。

「だから、さっそく始めようじゃないか」

運動そのものは期待が持てた。シャン・ドゥ・マルスは想像以上の賑《にぎ》わいだった。パリの人々は仕事が休みの日曜こそという勢いで、まさしく祭り気分だったのだ。

紳士淑女はそれらしく、また市井《しせい》の親爺《おやじ》さん御上《おかみ》さん連中も、それなりの一張羅をひっぱり出し、えんえん砂地が続くような練兵場に洋服の花を咲かせて、一ピエ（約三十二センチメートル）四方の隙間《すきま》も残さないという勢いなのだ。

屋台、露店の類《たぐい》も敷地の周囲をびっしりと埋め尽くし、道化師から軽業師《かるわざし》、あげくが熊遣《くまつか》いまで繰り出して、人々の御捻《おひね》りを期待していた。

——だから、大いに期待ができる。

好機を逃すといって、デムーラン自身に遅れた無念があるだけで、コルドリエ・クラブの別働隊、エベール、ショーメット、ファーブル・デグランティーヌといった面々は、すでに働きかけを始めているはずだった。祖国の祭壇のところに人垣ができていたことから、飾り門を潜《くぐ》ったばかりの遠目にして、出だし好調であることも知れた。だから、ごくろう、ごくろうと、こちらの行進班が近づこうとしたときだった。

「あっ、てめえ、なにしてやがる」

大声が聞こえてきた。最初はどうとも思わなかったが、たちまち騒ぎに長ずる気配も伝わってきた。ああ、なにしてやがる。おまえたち、こんなところで、なんのつもりだ。

人垣の頭上に漂いながら、砂煙まで上がり始めた。なかで誰か暴れているということだろう。つかみあいの喧嘩《けんか》になっているのかもしれない。

「急ぐか」

ダントンの声に応じて、こちらも皆が走り出した。

人垣を分けて進むと、祖国の祭壇も階段のあたりだった。円形の土台、方形の台座、再び円形の香炉台と三段重ねの祭壇は、その頂まで東西南北の四方に設けられた階段で登れる仕組みだった。もうもうと砂煙を上げていたのは、そうした階段のひとつの裾《すそ》のところだった。

厚紙が剝《は》がれていた。祖国の祭壇は立派な白亜の外観ながら、その実は画家が腕をふるった厚紙細工にすぎず、重さがかかる骨組みばかりが木材だった。要するに張りぼてなのだが、剝がれ目から地面にずるずる引きずられたような跡が続き、その先にへたりこんでいたのが軍服の二人だった。

激怒の目つきに囲まれながら、それが騒ぎの元凶らしかった。

「祭壇の下に隠れて、おまえら、なにをやっていたんだ」

詰問が続いていた。みつかって引きずり出されたのだとすれば、二人の軍服は確かに怪しい。

「きさまら、国民衛兵か」

とも、問いは重ねられた。バスティーユ広場の集結を目撃してきた身であれば、デムーランとしても一番に疑いたいところだった。

が、そうでないことも、一目でわかった。緑色の軍服が国民衛兵のものではなかったし、いかにも金持ちブルジョワが自弁で用意しましたといわんばかりの、きらきらの軍刀も、腰に佩《は》いてはいなかった。銃剣付きの銃を携行するわけでもなく、なにより軍服が擦《す》り切れて、もうボロボロである。

——廃兵の類《たぐい》じゃないか。

と、デムーランは思った。四十、いや、もう五十に近いだろう年格好からしても、もう前線を退いて久しいようだった。少なくとも勤務中とは思えないのは、二人が二人とも酒の臭《にお》いをぷんぷんさせていたからである。

それでも署名運動の仲間たちは続けた。

「そうか、ラ・ファイエットに送られた斥候《せっこう》だな」

「ああ、それに違いねえ。俺《おれ》たちの活動を監視してやがったんだ」

「卑劣な右派の回しものめ」

囲んだほうは、明らかにピリピリしていた。フイヤン・クラブの設立、ジャコバン・クラブの危機という昨夜《ゆうべ》の展開を受けての今日の話であれば、その気持ちは同じ仲間としてデムーランにも理解できた。

——それでも、だ。

なかには拳骨《げんこつ》を振り上げた者までいた。二人の廃兵は頭を抱えた。片手を伸ばして、容赦を懇願しながら、違う、違う、そんなんじゃないと釈明を試みようともしていた。

「ああ、国民衛兵なんか知らねえ。本当に、そんなんじゃねえんだ」

「わけを聞いてやろうじゃねえか」

頭上で響かせ、まさに天の声といった感で促したのは、巨体を利して後列から覗《のぞ》いていたダントンだった。コルドリエ・クラブの顔役に促されては、そのまま鉄拳制裁に移るわけにもいかず、前列の面々も方針を改めた。ああ、そういうことだ。おまえら、申し開きがあるんなら、聞いてやる。

「だから、俺たちはラ・ファイエットの手下でも、右派の回しものでもないんだ」

「だったら、なんだ」

「みてのとおり、兵隊くずれの酔っぱらいにすぎませんや」

「だから、その廃兵たちが、こんなところでなにをしていた」

そう問い詰められて、二人の廃兵は互いの顔を見合わせた。なんだか、いいにくそうな雰囲気だった。となれば、こちらは再びいきり立つ。

「いえないのか。ということは、やっぱり……」

「違う、だから、違いまさ」

廃兵のひとりが答えた。旦那方《だんながた》がいうような了見は持ってませんや。ええ、政治になんか、とんと関心がねえ。ええ、ええ、どっちが勝とうが負けようが、俺たちはどうだっていいんでさ。

「だったら、答えろ。こんなところに隠れて、全体なにをしていた」

「…………」

「そんな風に答えようとしないから、こっちも疑わずには……」

「いいます、いいます、あしくびでさ」

もう一人の廃兵が答えた。が、こちらとしては沈黙を続けざるをえなかった。その言葉は確かに耳に届いたが、意味がわからなかったからだ。

「どういう意味だ、あしくびとは」

「ですから、足首でさ。あの、その、なんてえか、つまりは階段を上り下りする足首で」

「それが、なんだ」

「なんだって、ほら、旦那、ちらりちらりと裾《すそ》から覗いてみえる白いのが、まったく見《み》物《もの》だっていうかね」

「つまりは女の足首という意味かね」

くく、くく、と刻むような笑いで引き取ったのが、マラだった。あんたがた、わざわざ階段の下に隠れて、女の足首を覗いていたということかね。あわよくば、もっと奥まで覗けないものかと、わくわく胸を高鳴らせながらと、そういうことかね。

「よくやるよ、まったく」

そう苦笑で結ばれたあとも、なお数秒ほどは沈黙が尾を引いた。あまりに意外な、それこそ拍子抜けするくらいの真相だったからだが、取り越し苦労をさせられたという不愉快も含めて、やはり腹は立たざるをえなかった。

沈黙を破るのは罵声《ばせい》だった。

「この下種《げす》野郎」

「なんて破廉恥《はれんち》な真似《まね》してやがる」

「ここを、どこだと思っているんだ。神聖な祖国の祭壇なんだぞ」

「あっ」

と、デムーランは思わず声を上げた。あっ、いけない、それは拙《まず》いと思うのは、自白した二人の廃兵を、前列の数人が殴りつける勢いだったからだ。襟首をつかんで、ぐいと手元に引き寄せながら、もう一方の拳《こぶし》を固めて、高くまで振り上げて、しかし、そんな暴力はふるっちゃいけない。どんな理由があっても、それはいけない。

「やめろ、今日は署名運動だぞ。おまえたち、そんな野蛮な真似をしたら……」

なんとしても制止しなければと、デムーランは渦中に飛びこもうとした。が、その腕を上から被《かぶ》せてくるかの大きな掌《てのひら》で捕えたのが、やはりというかダントンだった。

「ほっとけよ、カミーユ」

「しかし、暴力沙汰《ざた》を起こしては……」

「こんなの、暴力沙汰のうちに入らねえよ。ああ、大した話じゃねえ。署名運動にも、政治活動にも関係がねえ」

マラも同じ意見だった。ああ、ただの痴漢を退治しただけだ。咎《とが》められるどころか、かえって褒められるのが本当だろう。

「これで御婦人方も、安心して署名運動に加われるわけだからな」

ハッとして妻をみやれば、リュシルは怯《おび》えた表情だった。無理もないと思うのは、人垣のなかでは殴る蹴《け》るが続いていたからだった。

骨と骨が衝突する鈍い音が、ガズッ、ガズッと低く響く。唾《つば》と一緒に吐き出されて、ぱああと砂地に赤い線が走る。どんな理由からであれ、そこで横行しているのは間違いなく暴力なのだ。

「けれど、あれは関係ない。あれは仕方ないんだよ」

そうやって妻の肘《ひじ》を押しながら、デムーランは騒ぎから離れた。というより、気絶した二人の廃兵が、ずるずる襟を引きずられていた。シャン・ドゥ・マルスを強制的に退去させられ、祖国の祭壇は元通りの平和な署名の舞台だった。

25――罠

判断を誤った。あんな軽率な断を下すべきではなかった。ロベスピエールは今さら歯《は》嚙《が》みする思いだった。

警戒を怠るべきではなかった。今は慎重なうえにも慎重に構えなければならないのだ。ひとつの油断も許されない状況だ。どれだけの悲観も甘いという局面だ。ちょっと考えれば、わかったはずだ。

――軽々しく動いて、やはり気が動転していたということか。

予想できて然《しか》るべき事態を予想できなかった。こんな風に慌てなければならなくなって、それはロベスピエールには屈辱的な話でもあった。

――こんな思いで議会を駆け出すことになるなんて……。

テュイルリ宮調馬場《マネージュ》付属大広間からサン・トノレ通りへ抜ける道を、ロベスピエールはその日も駆け足ですぎた。

いつもながらの道筋とはいえ、空気に清々《すがすが》しさがあった。人影も疎《まば》らで、誰をよける手間もなく、とても走りやすいのだが、それだけに違和感は否めなかった。が、今回は納得できる違和感だ。だからこそ、歯がゆくてならないのだ。

七月十七日は日曜である。主の安息日に界隈《かいわい》も静まり返り、また議会も普通は休みだ。にもかかわらず、議員は呼び出された。そろそろシャン・ドゥ・マルスに向かおうかと、身支度を整えていたくらいの時刻だった。

異例の開会を通達されても、なにかあると身構えるでなく、白状すればロベスピエールは、どこか虚《うつ》ろな気分で席についた。フイヤン・クラブの設立という前夜の衝撃が衝撃だっただけに、その出来事の意味をうまく咀嚼《そしゃく》できずにいた。そのことばかり考えて、考えても仕方がないのに、止《や》めることができなかった。が、そんな悠長な態度で、いちいち噛み砕いている暇など、本当はなかったのだ。

――あるはずがない。

ロベスピエールは今にして道理だと思う。なんとなれば、敵は満を持して動いたのだ。フイヤン・クラブを設立して、それで終わりなわけがないのだ。むしろ、ほんの始まりにすぎないと、そう覚悟するべきだったのだ。

「ルイ十六世の権能停止は、王が憲法を受諾するまで」

そう声をあげて、はじめは議会のほうも、なんだか間《ま》が抜けた風だった。デムーニエ提案を受けた昨日の決議を繰り返して、全体どうしたいというのか。無意味と片づけ、今はそれどころではないとも苛々《いらいら》したが、さすがのロベスピエールも、おやと思わずにはいられなくなった。

「換言するなら、議会は、ルイ十六世は停職中なだけであると、フランスの王は王で間違いないと、そう公認したことになります」

そんな解釈は聞いていないぞ。いや、そんな解釈は理に合わない。そんな不平を呟《つぶや》きながら、すぐにも異議を申し立ててやると、鼻息を荒くできた分にはよかった。そのうちにロベスピエールは、がんと後頭部を殴りつけられたかの気分を味わわされたのだ。

「王であると公認されたならば、その地位は絶対不可侵の原則に守られます。かかる属性を否定するかの言動は、憲法を否定する暴挙とみなされなければなりません」

「…………」

「共和政などという暴論は無論のこと、ルイ十六世を廃位しろだの、第三者による摂《せっ》政《しょう》を立てろだのと唱える輩《やから》は、すぐさま厳罰に処されるべきだといえましょう」

「…………」

「これが暴力の行使を伴うとなると、もはや弁護の余地もない。ええ、大変に遺憾ながら、今朝方《けさがた》もグロ・カイユのほうで、暴徒が蜂起《ほうき》に及んだらしいのです」

話はロベスピエールも聞いていた。が、それは公共事業の削減に伴い、あえなく失業した人々の集会だったはずだ。主たる要求は就職の斡旋《あっせん》と賃上げであり、ルイ十六世の処遇など問題にしていなかったはずだ。

「今もシャン・ドゥ・マルスでは、陛下の廃位が公然と叫ばれています。不埒《ふらち》な文書を配布しながら署名を求め、人々を煽動《せんどう》せんとしているだけではありません。反論を述べた者には、あからさまな暴力を加えて、これを無理矢理排除してしまったのです」

もはや手を拱《こまね》いている場合ではない。そう結ばれた次の瞬間から、あらかじめ用意されていたかの発言が相次いだ。

「なんて野蛮な話だろうか。これでは真摯《しんし》に議論もできない」

「かかる運動を看過していては、そのうち国民の代表たる我ら議会まで圧迫するに違いない」

「即刻パリ市に勧告しよう。不埒な集会を直《ただ》ちに解散させるべしと」

「いや、すでにして戒厳令を布告する段階ではないか」

「それよりも、ラ・ファイエット将軍に直接お願いしたほうが早いのではないか」

「いずれにせよ、今すぐ国民衛兵隊をシャン・ドゥ・マルスに送るのだ」

あれよという間《ま》に声を一に合わせてしまったかと思えば、憲法制定国民議会は午前のうちに新たな決議に達してしまった。

「個人であれ、集団であれ、文書をもって人民に抵抗運動を働きかけた者は、国民国家に対する反逆罪に問われる」

ちっと舌打ちしながら、ロベスピエールはサン・トノレ通りの角に飛び出した。ジャコバン僧院の門に直進しながらも、ちらと斜向《はすむ》かいを睨《にら》まないではおけなかった。

――フイヤン・クラブの連中め。

ロベスピエールは悔やんでも悔やみきれない気分だった。

頭から離れないなら、徹底的に考え抜けばよかった。ああ、ちょっと考えれば、すぐにわかる話なのだ。その実の奴《やつ》らの狙《ねら》いは署名運動の中止などではないのだと。グロ・カイユの騒動も、シャン・ドゥ・マルスの暴力沙汰《ざた》も、お誂《あつら》え向きの口実が与えられたと、ちゃっかり利用したにすぎないのだと。

――本当の狙いはジャコバン・クラブを潰《つぶ》すことだ。

ロベスピエールは今や完全に覚醒《かくせい》していた。最初から全て仕組まれていた。つまりは周到に用意された罠《わな》だった。自分たちが抜ける腹づもりを固めていたからこそ、十五日のジャコバン・クラブでは声明文の起草を容認したのだ。それを告発材料として逆手に取るために、十六日の議会では玉虫色に王の復権を進めたのだ。

「だから、今すぐ取り下げなければならないのだ」

そう訴えたとき、ロベスピエールの声は悲鳴に近くならざるをえなかった。なんとなれば、市民に署名を求めるジャコバン・クラブの声明文は、抵抗運動を働きかける集団的文書に該当する。これを放置しておけば、この午後にも国民衛兵隊がやってきて、主な会員を反逆罪で逮捕してしまうだろう。ジャコバン僧院を閉鎖し、クラブを活動停止に追いこんでしまうだろう。

「だから、昨日の決定を取り消しにさせてもらいたい」

昼休み、ジャコバン・クラブは緊急の会合を設けることになった。いうまでもなく、午前の議会決議を受けて、対応を協議するためだが、フイヤン・クラブの離脱で会員は少なくなっていた。その割に落ち着かない空気があるのは、それほどでもない人数の間にも、微妙な温度差があったからかもしれない。あるいは、朝から野外で活動してきた人間と、専《もっぱ》ら屋内で頭を悩ませるばかりだった人間とでは、その体温からして違うのか。

話し合うといって、専らの相手は共闘してきたコルドリエ・クラブの面々、急遽《きゅうきょ》シャン・ドゥ・マルスから呼び寄せられた運動家たちだった。

26――勇気ある撤退

「今さら、それはないよ、マクシム」

一番に返してきたのは、デムーランだった。当然の抗議だと、それはロベスピエールも認めざるをえなかった。ああ、薄情は十二分に承知している。我ながら、とんだ無責任な話でもある。

「けれど、君たちがシャン・ドゥ・マルスで廃兵など殴るから……」

「殴ってないぞ。僕は誰も殴っていない」

「署名運動の仲間が殴りつけたのは事実だろう」

「それは……」

「君たちが殴らせるままにしたんだ。君たちが殴ったも同然じゃないか。暴力沙汰《ざた》にしてしまったら終わりだって、カミーユ、それくらい考えなかったのかい」

「考えたさ。考えたさ。けれど、あの程度の話が……」

議会が告発したシャン・ドゥ・マルスの暴力行為とは、つきつめると、それだった。階段の下に隠れて、女の白い足首を覗《のぞ》き見していた二人の廃兵を、皆で拳骨《げんこつ》で懲らしめた。懲らしめにしては、些《いささ》か度がすぎたかもしれないが、それだけの話といえば、それだけの話でしかない。承知しながら、ロベスピエールは続けてしまった。

「カミーユ、程度は関係ないんだよ」

「しかし、マクシム、それをいうなら、政治も関係ないじゃないか」

「私に釈明を試みて、それが何になるという」

そう返すと、デムーランは口を噤《つぐ》んだ。また先輩面して、やっつけてしまった。そのことはロベスピエールも自覚した。後輩の顔に不服の色が濃く残れば、卑劣な真似《まね》をしたようでもあり、やはり気が咎《とが》めてくる。ああ、わかっている。責めるような話じゃないってことは、私だってわかっている。

「廃兵を殴った話を蒸し返しても、甲斐《かい》はないぜ」

ダントンが後を受けた。カミーユの釈明が無駄なら、マクシミリヤンの糾弾《きゅうだん》だって弁《わき》まえた話じゃねえ。悪いとすれば、そんな小せえ話を取り上げて、大騒ぎする連中のほうだろう。怒りをぶつけたいってんなら、そいつらに向けてだろう。

「つまりは、ふざけた議決をなした議会だ。それを動かしたフイヤン・クラブだ」

「そうなんだ。そうなんだよ」

今度はペティオンだった。許せない。本当に許せない。ジャコバン・クラブを一気に潰《つぶ》そうという策略なわけだからね。自然に潰れるのを待つのじゃなくて、力ずくでも潰してやろうという悪意なわけだからね。

「唯一無二の『憲法友の会』になりたいという話だが、そんなフイヤン・クラブの思惑通りに運ぶなんて癪《しゃく》じゃないか。ああ、罠と見抜いていながら、みすみす嵌《は》められることはないんだよ」

「だから、すごすご尻尾《しっぽ》を巻いて逃げるというわけかね」

マラが冷笑気味の言葉を挟んだ。にしても、あれだけ勇ましかった前言を翻《ひるがえ》そうというんだから、まさになりふり構わない敗北宣言てところだね。

そんな風に形容されれば、こちらとしては腹が立つ。ブリソなどは一気に煮立ったようだった。いや、マラ先生、そういう言い方はないんじゃないですか。

「私たちだって無念なんだ。ええ、私個人のことをいえば腸《はらわた》が煮えくり返る思いですよ。自分で書いた声明文を無駄にされるというんだから、当然でしょう。その悔しさを堪え忍んでいるというのに、あまつさえ負け犬呼ばわりされるのでは……」

「我々だって、不面目は承知しているんです」

再びペティオンが前に出た。コルドリエ・クラブに不義理を働いたと自覚もある。けれど体面にこだわるのは、むしろ簡単な話なんです。玉砕覚悟の、それこそ敗北の美学に酔えばよいというのなら、ええ、ええ、そんな楽な話もないほどなんです。

「ジャコバン・クラブは勇気ある撤退をすると、つまりは、そういうわけですか」

「モモロさん、よくぞ仰《おっしゃ》ってくださいました。フイヤン・クラブこそ仇敵《きゅうてき》と思い、いつか報復せんと固く誓えばこそ、こんなところで潰れるわけにはいかないだろうと、そう念じながら堪えがたきを堪え……」

「わかります。わかります。しかし、署名運動のほうは一体どうなるんです」

噤んでいた口を開いたとき、デムーランは目に涙を溜《た》めるまでになっていた。ロベスピエールは思う。わかる。その無念はわかる。ああ、私だってわかるんだよ。

デムーランは続けた。いや、ここで引き下がっては、フランス国民の総決起は金輪際望めなくなるというのです。

「なにかしなければならない。議会の出鱈目《でたらめ》を目撃しておきながら、このまま手を拱《こまね》いているわけにはいかない。不満を抱えているならば、なんらかの形にしなければならない。それが、こたびの署名運動だったんじゃないんですか」

そう説きながら、あちらこちら奔走し、この署名嘆願大作戦に誰より尽力してきたのが他でもない、デムーランだった。最初に相談を持ちかけられた友として、全て承知しているならば、ペティオンでなく、ブリソでなく、ロベスピエールは自分こそが切り出すべきだと考えた。

「カミーユ、わかる。わかるが、あきらめてくれ」

「あきらめてくれ、だって」

デムーランは襟をつかんできた。その勢いで飛んだ涙の粒が、ロベスピエールの頬《ほお》で温かい湿りになった。続くのは当然ながら涙声だ。あきらめてくれだって。ここまでやってきたのに、あきらめてくれだって。それじゃあ、なにもしないで終わるのかい。こちらの息の根さえ止められなければ、連中の横暴は見逃そうというのかい。

「その保身はマクシム、果たして勇気ある振る舞いなのかい」

そう続けられた間にも、ロベスピエールは殴られるかなと考えた。いや、殴られるのは当然だ。自《みずか》ら卑怯《ひきょう》の意識があるだけ、むしろ殴られたいとも望んだ。が、腕を差し入れるようにして、ブリソが間に入った。やめたまえ、デムーラン。無念はわからないではないが、それとこれとは別な話ではないか。

「それとも、なにか。署名運動さえ盛り上がるなら、ジャコバン・クラブなど潰れてかまわないということかね」

畳みかけたのが、ペティオンだった。

「あるいはフイヤン・クラブが設立された今や風前の灯《ともしび》だ、どのみち潰れるに決まっているのだから、ジャコバン・クラブの存続など図るだけの意味もないと、デムーラン、そういう御説《おせつ》かね」

いや、ジャコバン・クラブだけならいい。けれど、ロベスピエールはどうなるんだ。シャンゼリゼのほうでは怪文書まで出されているんだよ。勝手に名前を使われて、共和政を主張したことにされてるんだよ。明らかな狙い撃ちさ。引き下がらなければ、一番に逮捕されてしまうんだよ、君の十数年来の旧友は。そうまで続けられて、デムーランは襟にかけていた指を外した。

ペティオンは静かな調子に変えた。

「またの機会を探そう」

「わかりました。けれど、ペティオンさん、ひとつだけ答えてください。またの機会なんてあるんですか」

「あるとは断言できないが……」

ペティオンは返事に窮した。が、かたやのデムーランも嵩《かさ》にかかるではなかった。

ジャコバン僧院の図書館に沈黙が流れた。晴天に恵まれた昼下がり、窓辺に光が満ちるほど、図書館を改装した集会場は暗く沈んだ。もはや、なんの光も見出《みいだ》せない。その重苦しい空気を払いのけるには、なるほど、ある種の暴力が確かに必要だったろう。

「署名運動か、ジャコバン・クラブかってな、二者択一の話じゃねえと思うがな」

ダントンの野太い声は、まさしく暴力の予感だった。が、理屈そのものは整然としているのだ。ああ、違うだろう。

「ジャコバン・クラブの声明は使えねえ。ジャコバン・クラブの名前で呼びかけることもできねえ。それでも俺《おれ》たちだけでやる分には、署名運動くらいは構わねえんだろう。コルドリエ・クラブなら、ジャコバン＝フイヤン戦争には、なんの関係もねえものなあ」

「それはそうだが……」

「ということで、決まりましたぜ、ペティオンさん」

そう引き取ると、ダントンは手ぶりを示した。悪くねえよ。俺たちだけでやるってのも、とりあえずは悪くねえよ。応じてコルドリエ・クラブの面々が玄関に流れる間にも、とりたてて不服を隠す風でもなく、淡々と言葉を続けた。

「ああ、それじゃな、マクシム。俺たちもジャコバン・クラブの再建を祈ってるぜ。さっきから言葉もねえ様子だが、ラクロ先生も、なあ、本当に頼んだぜ」

確かにラクロも居合わせていた。自ら起草した声明文の無念の末路に落胆したか、あるいは地方の署名運動を発起した数日来の大活躍に疲れたのか、その昼には本当に声もない様子だった。あれだけ若々しい感じの男が、俄《にわか》かに猫背になりながら、歳より老いてみえたほどだ。

「だから、ほらほら、カミーユも元気出せって。これまでの頑張りが、これで綺麗に無駄になっちまうわけじゃねえってば」

ばんばん背中を叩《たた》くことで、足取り重い仲間を無理にも励ましながら、ダントンもジャコバン・クラブを後にした。ああ、この上天気に辛気《しんき》くさい顔は似合わねえぜ。

27――シャン・ドゥ・マルス

「結局、こうなってしまったか」

　そう言葉が零《こぼ》れるほどに、デムーランは苦笑を禁じえなかった。

　署名嘆願大作戦と力みながら、総決起を再びと意気ごんではみたものの、どうやら一人芝居にすぎなかったようだと、我ながら滑稽《こっけい》な後味もないではない。ああ、はじめから何が約束されていたわけじゃない。ジャコバン・クラブにはジャコバン・クラブの事情がある。

　――無理に参加を働きかけても仕方がない。

　今となっては無理《むり》強いしないで正解だったとも思う。フイヤン・クラブの狙《ねら》いがジャコバン・クラブ潰《つぶ》しであるなら、それと共闘を組んだ時点で、こちらまで火の粉を浴びかねないからだ。

　ロベスピエールには悪いが、やはり地獄に道連れは御免だった。ああ、いつものようにコルドリエ・クラブだけでやるのが利口だ。草の根の市民運動に甘んじるしかないとしても、はるかに無難だ。

――と、そんな風に嘆いてみせる割には……。

どうして、なかなか好調だったんじゃないかと、それがデムーランの印象だった。

署名運動の一日が終わろうとしていた。声を嗄《か》らして訴え続けて、少なくとも充実感はあった。汗が心地よいと振り返れるだけの余裕も心に残されていた。ジャコバン・クラブを責めないばかりか、かえって気の毒に感じられるのも、同じ余裕のなせる業《わざ》だったかもしれない。ああ、こちらは平穏無事だった。

静かだったわけではない。シャン・ドゥ・マルスは今もなお賑《にぎ》やかだ。もう時刻は午後七時に近づくが、陽が落ちない夏季のせいもあって、人出も昼間と変わらない。料理人、仕立屋、職人、指物師《さしものし》、カフェの給仕人、靴みがき、果ては失業者にいたるまで、大方がパリの市井《しせい》の人々であるならば、特有の雑多な活気に溢《あふ》れてもいたのだが、剣呑《けんのん》な雰囲気となると、まさしく皆無だったのだ。

ことごとく事物に陰影を与えながら、残る砂場を朱に染める夕陽の風情《ふぜい》もあいまって、だからこそデムーランは穏やかな気分で、ホッと息を吐《つ》くことができた。

実際、なにも乱暴な話はなかった。コルドリエ・クラブは署名運動に、急遽《きゅうきょ》フランソワ・ロベールの声明を用いた。ルイ十六世の廃位を求めながら、共和政の樹立と議会の解散要求は「新しい行政権力におきかえ、それを丁寧に整えることが必要であり、そのためには憲法制定団体も新しく召集しなければならない」という表現で、遠回しに仄《ほの》めかす程度に留《とど》められたのだ。

配布されても、シャン・ドゥ・マルスの人々には深読みする向きが多いでなく、あえて斟酌《しんしゃく》して過激な言葉を叫ぶ者もいなかった。ロベールの呼びかけに応じた労働者が、賃金引き上げ要求というような方向違いの訴えを、さかんにがなり立てたとしてもだ。

——おかげで睨《にら》まれずに済んだ。

やはりというか、国民衛兵隊は昼すぎに一度、シャン・ドゥ・マルスにやってきた。お約束で空に威嚇《いかく》射撃を一発、ラ・ファイエットの副官が今すぐ集会を解散するよう命令してきたが、こちらは申し開きができたのだ。

法律が許す範囲で署名運動をしているだけだ。破壊行為を企《くわだ》てているわけでもない。漏れなく市政庁にも届け出ている。そう告げると、国民衛兵隊も大人しく引き揚げた。

——ああ、なにも荒っぽいことはなかった。

デムーランが目を細めて眺めるのは、賑やかだけれど穏やかな、やはり祭りの夕べだった。それが証拠に、暗色の上着ばかりではない。日傘の花を咲かせながら、明るい色合いの薄物を羽織る御婦人方も、また多く散歩する体《てい》である。

「ということだから、カミーユ、とうとう六千を超えたわよ」

告げてきたのも、リュシルだった。女だてらに運動に参加して、なにか不都合があるではなかった。祭り気分で参加されては困るとも考えたが、シャン・ドゥ・マルスのほうが祭り気分だったのであり、結局のところ最後まで作業を手伝うことになった。

六千というのは、いうまでもなく署名総数の話である。いったん六時で締めた成果を集計して、その結果を妻は報告してくれたのだ。

「なっ、やっぱり悪くねえだろ」

ダントンも歩みを寄せてきた。パリだけで集めた、たった一日の成果としては、なるほど悪いものではない。いや、随分と控え目な言葉にしたもので、これは大成功といっていい。

「だから、いったろう、カミーユ。目のつけどころは悪くなかったってことさ。国民を小馬鹿にしたような議会のやり口には、皆が不満を抱《いだ》いてたってことさ。それをどうやって表せばいいのかわからなくて、なにか捌《は》け口を探していたってことなのさ」

ちらと目を動かして、デムーランは改めて祖国の祭壇の台座を眺めた。昨年の式典までは「国民、憲法、そして王」と書きつけられていたものだが、何者の仕業だろうか、今は「そして王」の部分が綺麗に削り取られていた。ああ、そうなのだ。やはり人民は、もう黙ってなどいられないのだ。

「となると、やっぱり惜しまれるね、ジャコバン・クラブの離脱は」

「地方の署名も欲しかったということか」

　ダントンは確かめてきた。今さら蒸し返しても仕方ないとは思いながら、デムーランは頷《うなず》かずにはおれなかった。だって、不満はパリだけの話じゃないだろう。フランス王が逃亡したって話なわけだから、全国どこでも渦巻いている感情だろう。

「それは、やっぱり汲《く》み取りたかったさ。圧倒的な数にして、まさに国民の声として、議会に投げつけてやりたかったさ」

「だったら、なおのことジャコバン・クラブは潰しちゃならねえだろう」

　ダントンは切り返した。すぐには意味を取れなくて、デムーランが無言で先を促すと、照れ隠しのような表情で続けた。ああ、ジャコバン・クラブには再起を待つだけの価値があるぜ。

「てえのも、フイヤン・クラブの御歴々《おれきれき》ときたら、なんだか御高《おたか》くとまっちまって、地方なんか眼中にないってえか、地方には弱いってえか、とにかく、そういう雰囲気だったじゃねえか」

「それは、ああ、その通りだろうね。比べると、ジャコバン・クラブは……」

　泥臭いと続けかけて、デムーランは言葉を呑《の》んだ。

　最初から泥臭かったわけではない。むしろ泥臭くなった。あるいは泥臭い部分だけが残った。

「うん、確かに地方には強いだろうね。土台が当時のジャコバン・クラブのなかでも、地方に強い面々に働きかけた話だったからね。その連中が今も残っているわけだから……。ああ、そうか、ダントン、それで君はラクロ先生を励ましてきたのか」

炯眼《けいがん》というべきだと、デムーランは今さらながら嘆息させられた。

今回の署名運動にしても、ジャコバン・クラブに期待したのは地方だった。だから、全国連絡委員のラクロが出てきた。コルドリエ・クラブと共闘する一派だけでも、地方なら動かせるとの読みもあった。与党がフイヤン・クラブとして離脱した今、残されたロベスピエールらの巻き返しは、必然的に地方を足場にせざるをえない。

ひとつ力強く頷いてから、ダントンはまとめた。

「再建なった暁にゃあ、ジャコバン・クラブは地方から何万という署名を集めてくれるに違いねえ。ここで潰すのは、もったいねえぜ。今は危機を凌《しの》ぐことだけに専念させてやろうぜ」

ひるがえって、俺《おれ》たちに地方の足場はねえんだ。パリくらいは俺たちで頑張ろうや。どれだけ待たされるのかは知れないし、そんなに待てるわけでもねえが、まあ、俺たちも俺たちで踏ん張りどきということさ。そうダントンに奮起を促された日には、デムーランは自分が恥ずかしくさえなった。

その息苦しさを誤魔化《ごまか》すためにも、豪放磊落《ごうほうらいらく》な相棒を持ち上げないではいられなかった。

──ダントンはただの乱暴者でないというのが、ここだ。理路整然と理屈で考える質ではないが、政治的な嗅覚《きゅうかく》が発達しているというか、あるいは、もっと原始的な意味合いで、人間がどう動く、こう動くということに関して一種の直感が働くというか、とにかく千里眼ともいうべき異能を、しばしば発揮してみせる。

「いや、大したものだ。うん、いずれにせよ、今日は悪くなかったね」

そう引き受けたとき、掌《てのひら》の内に汗ばんだ柔らかさが挿し入れられた。手を握ってきたのは、もちろん励ますような笑顔のリュシルだった。デムーランも笑顔で応《こた》えた。

「これからが楽しみだね」

「という御希望ならば、だ。デムーラン先生、そろそろ参りましょうか」

にやにや笑いのダントンは、杯を傾ける手ぶりだった。そろそろ終《しま》いにして、皆でカフェ・プロコープに移動しよう、わいわい夜更けまで楽しいというのも、また政治の醍《だい》醐味《ごみ》じゃないかと、それくらいの意味である。これからの楽しみも楽しみ違いというわけだが、もちろん、それもまた悪くはない。

「どうだい、たまには奥様も一緒に」

とも、ダントンは水を向けてきた。デムーランは妻の顔を覗《のぞ》いてみた。

行きたいとも、行きたくないともいわなかったが、こちらの言葉を待つような微笑は、まんざらでもなさそうだった。しかし、どうかなあ。こうみえて、意外にリュシルは酒に強いところがあるからなあ。僕ひとりが酔いつぶれることになるんじゃあ、それまた面目ない話だしなあ。

「まあ、カミーユ、わたし、普段は御酒《おさけ》なんか飲みませんよ」

「たまに飲むのに飲めるってのが、一番質が悪いんじゃないかね」

そう茶化したマラに続いて、モモロ、ロベール、エベール、ショーメット、ファーブル・デグランティーヌと、仲間たちも寄ってきた。なに、なに、またカフェ・プロコープに移動だって。奢《おご》りなら、つきあうぞ。馬鹿、おけらなら、おまえに用なんかねえんだよ。そういう旦那《だんな》にしたって、飲み代に回せる金なんかあるのかよ。

「ったく、しょうがねえ、飲み食いは全部、このダントン様が払ってやる」

感心させられるといえば、どういうわけだか、ダントンは金にも困らなかった。有力なパトロンがいるとも噂《うわさ》されたが、本当のところは親しくしているデムーランにして、今ひとつわからない。

「だから、てめえら、後片付けくらいは、てきぱき済ませてみせやがれ」

そう発破《はっぱ》をかけられて、皆が動き出そうとしたときだった。

――太鼓の音が……。

聞こえてきた。そんな気がしたのだが、デムーランも最初は聞き違いだと苦笑した。

コルドリエ街の仲間たちは冗談をいいあいながら、誰ひとり足を止めてはいなかった。そろそろ動いて、配り残したビラをまとめ、あるいは立てっ放しの看板を下ろし、署名のための卓を畳みと後片付けにかかりながら、なにも気にした様子がなかった。

──しかし、だ。

だららん、だららんと確かな音を刻みながら、太鼓の音は聞こえてくる。どんどん大きな音になって近づいてくる。それも音の厚みから、かなりの数だとわかる。

「みんな、太鼓の音は聞いているよな」

デムーランが確かめると、仲間たちのほうでも応《ウィ》という返事だった。ああ、聞こえている。あれだけ派手に打ち鳴らされて、聞こえないわけがない。

「どうせまた、国民衛兵隊だろ、くそったれ」

「どうせって、エベール、それで片づけてしまっていいのか」

「だって、俺たちには関係ない話だろう」

あんな虚仮威《こけおど》しに、いちいちかかずらっちゃいられないよ。ファーブル・デグランティーヌまで面倒くさげに決めつければ、あげくにマラが毒舌である。おやおや、ずいぶん冷たい話だねえ。なんとも思いやりに欠けた態度じゃないか。だって、連中、もっと気にしてもらいたいわけだからね。皆の気を惹《ひ》きたくて仕方ないわけだからね。

「つまるところ、ラ・ファイエット閣下は淋《さび》しいのさ」

28――国民衛兵隊

笑いが起きた。「両世界の英雄」とも呼ばれる男が、しばしばみせる他愛《たわい》なさが、巧みに茶化されていた。政治に携わる人間ならば実感としてわかるだけに、皆が抱腹絶倒の体《てい》になったのだ。

ゲラゲラ、ゲラゲラ、皆は大きな笑い声まで響かせた。一緒に笑おうかとも思いながら、そこにデムーランは踏み出せなかった。であれば、微《かす》かながらも苛立《いらだ》ちに襲われる。

「太鼓の音は、こっちに近づいてくるんだぞ」

そう話を改めたが、やはり仲間は取り合おうとはしてくれなかった。

「リュクサンブール宮あたりに集合した部隊が、どこかに行こうってんじゃないか」

「でなかったら、市中巡回の部隊がアンヴァリッドあたりに戻るところさ」

「そうかなあ」

「気にしすぎだ、カミーユ」

最後はダントンが諫《いさ》めてきた。折り畳みの椅子《いす》を束にして担ぎながら、淡々と続けたことには、国民衛兵隊がシャン・ドゥ・マルスに来るにしても、相場が昼の繰り返しだろうさと。

まとめられてしまうと、それが妥当な見方なような気もした。ああ、確かに気にしすぎなのかもしれない。昼にも引き揚げさせているのだから、皆の楽観も理由のないことではなかった。朝にパリ市政庁に寄ったときだって、同じように気にしすぎだと笑われた。二年前の七月に市街戦まで経験した身としては、前もって警戒するに越したことはないと考えてしまうのだが、それも臆病《おくびょう》と取られては愉快でない。

「とにかく、片付けを急ぎましょう」

リュシルに促されて、デムーランも頷《うなず》いた。ああ、そうだ。さらに運動を続けようというわけではない。片付けを急いで、さっさと引き揚げてしまえばいい。引き揚げれば、国民衛兵隊が来るも来ないも関係ない。つまるところ、気分がよいままカフェ・プロコープに移動するというのが、最も利口な選択なのだ。

でなくとも、シャン・ドゥ・マルスの風景は変わらなかった。こちらが片付けの手を速めても、人出は少しも引けていかない。食べ物を売る露店など、かえって増え始めたくらいで、このまま練兵場で酒盛りという輩《やから》も、きっと少なくないのだろう。御婦人方の日傘とて、あちらこちらに点々として、変わらず花のように開いている。

賑やかにして穏やかな祭りの舞台に、やはり国民衛兵隊の用事があるとも思われない。

——それでも、やってきた。

もうもうと砂煙が上がっていた。祭典のために用意された飾り門を潜《くぐ》り、国民衛兵隊はシャン・ドゥ・マルスに進んできた。ざっざっざっと足音を刻みながらの行進は、観閲式のそれを彷彿《ほうふつ》とさせる動き方で、綺麗に左右に分かれていった。

歩みを続けた兵団は、そのまま練兵場の外縁を守るような配置についた。いいかえれば、中央の祖国の祭壇を全方位から囲むような格好である。兵士が広範囲にばらけてみると、御丁寧に大砲までガラガラ引いてきたことがわかった。

——バスティーユ広場でみた通り……。

やはり数万の規模だった。二万か、三万か、いずれにせよ戦慄《せんりつ》するべき数字だったが、それは昼間に訪れた数でもあった。

形ばかりの取り締まりだとすれば、また引き揚げてくれるだろう。どうでも解散してもらうと詰め寄られたなら、わかりましたと足早に引き揚げればよいだけのこと。が、そうと心が決まっているコルドリエ街の仲間たちとて、いくらかは表情を険しくしないでおけなかった。

「誰か探してるんじゃねえか」

エベールが他の考えを口に出した。ショーメットも応じた。

「サンテールの旦那《だんな》あたりが、また何かやらかしたとか」

　立派なブルジョワでありながら、精力的な政治活動でも知られるという、かの名物男は確かに姿を消していた。モモロが思い出したように告げた。ああ、あの社長さんなら、さっきシャン・ドゥ・マルスを離れていきましたよ。

「国民衛兵隊が退《ひ》けたかもしれないから、サン・タントワーヌ界隈《かいわい》にいってみる、向こうで声をかけなおす、なんて仰《おっしゃ》いましてね」

「おいおい、だったら、サンテールの旦那なんじゃねえのか。向こうで、なにか悶着《もんちやく》でも起こしたんじゃねえのか」

「とすると、事情聴取くらいはされるかね」

「はん、それなら、マラ先生の十八番《おはこ》じゃねえか。適当に誤魔化《ごまか》してくれや」

　そう片づけて、ダントンだけは後片付けを続行した。ああ、しらんぷり、しらんぷり、こういうときは犬でも何でも、目を合わせたが終《しま》いだぜ。

　じわじわと前進して、包囲の輪を狭めるような軍勢に、あえて背を向ける豪胆をいえば、いつものダントンと変わらないようにみえた。が、デムーランは違和感を覚えた。どこか、おかしい。得意のフランス式ボクシングで、兵隊も、銃剣も恐れることなく、いつもなら自分から悶着を買って出るような男が、今日は無難に徹している。

　祖国の祭壇のまわりのゴミを拾いながら、デムーランは小声で妻に話しかけた。いいかい、リュシル、僕から離れるんじゃないよ。絶対に手を離しちゃいけないよ。

国民衛兵隊の行進は、今や足元に微かな地響きまで起こしていた。四方八方から押し寄せるので、夕焼けの広場が俄《にわ》かに夜を迎えたようでもあった。

賑《にぎ》やかに穏やかだった祭り騒ぎも、さすがに緊迫せざるをえない。もちろん昼間の経験があるからには、大慌てになるではないのだが、二度目でも気分が悪いものは悪い。

「おいおい、ラ・ファイエットが自分で出馬してきたぜ」

「馬面を並べてるのは、バイイ市長じゃねえか」

「なんだか大騒ぎじゃないか」

「やばい、やばい。サンテールの旦那、ほんと、なにやらかしたんだい」

「てえか、俺たちは大丈夫なのかよ」

「まあ、女子供もいるんだ。まず無茶な真似《まね》はしないだろうが、ダントン、マラ、デムーランあたりは、もしかすると、さっさと逐電しちまうが利口かもなあ」

「それとして、なあ、あの赤い旗は全体どういう意味なんだい」

答えが得られるより早く、国民衛兵隊は配置を完了してしまった。ずんずんと迫り来て、祖国の祭壇から二百ピエ（約六十四メートル）ほど置いたところで静止したのだ。

前列に歩兵隊、後列に騎兵隊と二重の布陣は当然としても、銃隊と砲兵隊の位置が本気の十字砲火を考えているようで、そこがデムーランには嫌な感じだった。が、それ以上に気になったのは、国民衛兵隊の多くが遠目にも戸惑い顔なことだった。ただの威嚇《いかく》なら威嚇で、いや、実力行使で解散を強制するつもりならその場合でも、表情など現場に来てから動くものではないはずだ。にもかかわらず、銃を構えさせられた面々ときたら、不安が高じて今にも左右に確かめそうな風なのだ。

――なんなのだと確かめたいのは、こちらも同じで……。

ぎこちない空気が流れた。殺意が感じられるわけではない。が、侮れるほど敵意がないわけでもない。なんとも奇妙な感覚に、群集のほうも困惑顔にならざるをえなかった。

おいおい、本当に、なんのつもりだろう。

「発砲する気じゃないだろうな」

「まさか、それはないだろ。いくらパリでは外れだって、野山ってわけじゃないんだ」

「ああ、パリジャンが鶉《うずら》みたいに撃たれるって法はねえや」

紫色の雲が流れた。午後七時を回って、もう日暮れは時間の問題である。その前に仕事を片づけようというのか、国民衛兵隊に動きがあった。バイイ市長が列から分かれて、なにやら紙片を取り出していた。一応は声を張り上げたようなのだが、まわりがガヤガヤしていたせいもあって、デムーランの耳までは届かなかった。

「なんだって、なんだって」

周囲に確かめるも、誰も答えられるものはなかった。なんてことだ。こちらが誠意を示そうにも、きちんと用向きを伝えられなければ、応《こた》えようもない。だいいち、署名運動の首謀者であるコルドリエ・クラブも、賛同してくれた協力者たちも、単なる祭り見物の人々もなく、一緒くたに囲んだものに遠くから呼びかけて、全体どう応えろというのだ。

「これだから、頭でっかちは困る。バイイ市長も所詮《しょせん》は学者先生ということだ」

そう零《こぼ》しながら、どれ、ダントンと一緒に自分が前に出ていかなくては始まるまいと、デムーランは一歩を踏み出そうとした。そのときだ。

パンと乾いた音が聞こえた。銃声のようだったが、空砲の威嚇射撃なら昼にも聞いた。やれやれと、なお慌てずにいたのだが、そうするうちに再びの銃声までが耳に届いた。もはや、パンと単発ではなかった。パン、パパンと重なったかと思えば、みるみるうちにバラバラン、バラバランと厚みを帯びて、頰《ほお》の肉が震えるくらいに空気を震動させ始める。

「…………」

デムーランは空白に捕われた。銃声が聞こえた。それは、わかる。何発も発射された。それも、わかる。けれど、えっ、ひとが撃たれた？ 外側にいた人たちが、ばたばたと倒れているだって？ 御婦人の日傘までが弾《はじ》かれたように空を飛んで、しかし、ありえない話だと思ううちに、鉄の臭《にお》いが鼻に届いた。

湿りを感じて頬を触れれば、指先が赤かった。夕焼けではない。血煙がそよいでいる。

空気を震わせたのは、今度は耳をつんざく悲鳴だった。にもかかわらず、容赦ない銃撃は再びシャン・ドゥ・マルスを震撼《しんかん》させたのだ。

——僕たちは武器もないのに……。

丸腰の署名運動にすぎなかったのに……。どれだけ信じがたいと呻《うめ》いても、事実は残酷なまでに事実として、デムーランの眼前にあった。

大混乱が起きていた。右に走り、左に走り、逃げ惑う人々は出鱈目《でたらめ》な動きだった。どこに駆け出そうが、全方位で囲まれているのだから、逃げ場がみつかるはずもない。せめて内側へ内側へと急げば、そこには祖国の祭壇が聳《そび》えている。ならば登れと階段を駆け上がるなら、それこそ自《みずか》ら狙い撃ちの的になるようなものである。

「だから、リュシル、僕の手を離さないで」

デムーランの頼りは、その柔らかい感触ばかりだった。それを引いて、ひた走るしかない。どこに、どんな活路が開かれるのか、ひとつも定かでないながら、妻の手ばかりは絶対に離せない。

——この命あるかぎり……。

銃声が聞こえた。それに悲鳴が重なったが、まだ自分は生きていて、リュシルの手も温かかった。だから、走れ。とにかく走り続けるしかない。

「にしても、こんなことってあるのか」

デムーランは呻かないではいられなかった。だって、戦場ならぬパリで……。なんでもない日曜日に……。無防備な人々に銃が火を噴くなんて……。

29――戒厳令

ロベスピエールは音がするほど、激しく頭を掻《か》き毟《むし》った。音がするのは鬘《かつら》の生地に爪《つめ》の先がかかるからで、指のほうも振りかけていた粉に塗《まみ》れて、すっかり白くなっていた。

――死人の手をみるようだ。

我ながら、ぎょっとするときもある。が、周囲をも狼狽《ろうばい》させたというのは恐らく、鬘に留《とど》まらず服装までが平素ないほど乱れに乱れていたからだった。

七月十七日から、もう日付がかわる頃だろうか。ジャコバン・クラブは深夜の割には人数を集めていた。もちろん、それも両手の指で数えられる程度に留まる。尋常な時間であれば、やはり淋《さび》しいばかりだ。

大半をフイヤン・クラブに引き抜かれた。残りの会員すら満足に顔を揃《そろ》えていない。ロベスピエールには孤軍奮闘の感さえあった。が、まったく孤独というわけでなく、まだ何人か詰めていたことも事実なのだ。

人前でだらしなくするのは、誰より自分で嫌いだった。醜態を曝《さら》していると思えば、今も堪えがたい自己嫌悪がこみあげる。それでもロベスピエールは、また別なところから噴き上げてくる猛烈な感情を、ついぞ抑えられなかったのだ。

「だから、落ち着いて。ロベスピエールさん、もうジャコバン・クラブには、あなたしかいないんです。どうか落ち着いてください」

「落ち着く、だって。これが落ち着いてなどいられようか」

宥《なだ》められても、ロベスピエールは逆に嚙《か》みつく有様だった。みっともないと、自覚がないわけではない。己の無力に変わりはないとも思う。それでも憤怒《ふんぬ》は憤怒としてあり、また怒ることの正しさも断じて譲れなかったのだ。

「だって、あんな赤い旗が出たんだぞ」

パリ中にひるがえる赤旗は、戒厳令を意味するものだった。なんでも、シャン・ドゥ・マルスに五万の暴徒が発生した、通常手段における治安の維持は困難と判断せざるをえず、もはや内乱の危機であるとかで、憲法制定国民議会は当該地域の執行権者に勧告、受けたパリ市は国民衛兵隊に出動を要請するとともに、全域に直《ただ》ちに戒厳令を敷いたのだ。

「なにが五万の暴徒だ」

一日にシャン・ドゥ・マルスを訪れた延べ人数を数えれば、確かに五万くらいにはなるのかもしれなかった。が、ラ・ファイエットとバイイに率いられた国民衛兵隊三万が到着した時点では、数千人、いや、そろそろ夜の帳《とばり》も降り始めようという時刻であれば、はたして千人を超えていたか、それすら覚束《おぼつか》ない程度だったはずなのだ。

――加えるに、政治的な意味などなかった。

多くが祭り見物の市民であり、署名活動のコルドリエ・クラブにしても後片付けにかかっていた。解散を要求する意味さえなかったにもかかわらず、バイイが形ばかりの通達を行うや、もうラ・ファイエットは発砲命令を出したのだ。

無辜《むこ》の市民が問答無用に加害される。銃撃による死者は最も少ない報告で五十人、多いものでは五百人という推計もあり、少なくともシャン・ドゥ・マルスの様子ばかりは、阿鼻叫喚《あびきょうかん》の地獄絵だったと伝えられる。

――行われたのは、まさに虐殺だ。

シャン・ドゥ・マルスの虐殺、断じて許される話でないと激怒すると同時に、その圧倒的な出来事が持つ意味に、ロベスピエールはひどく打ちのめされもしていた。

――なんとなれば、国民衛兵隊はブルジョワ民兵隊だ。

法律用語でいえば、能動市民《アクティフ》で成る組織だ。これが祭り見物の市民を攻撃した。署名運動の参加者も多く含まれていたと仮定するほど、貧困層を中心とする受動市民《パッシフ》は少なくないはずだった。が、だとすれば、革命は終わりだと思うのだ。

——能動市民は自《みず》ら支配者たらんとした。自分たちから受動市民を峻別《しゅんべつ》しながら、これには政治逆に支配される人間として、なお発言したいと望んだ日には、なんと不遜《ふそん》な願参加の権利を認めようとしなかった。

いかと嘲笑《あざわら》いながら、有無をいわせぬ暴力で蹴散《けち》らしてしまったと、それがシャン・ドゥ・マルスの図式なのだ。

——もう元には戻れない。

フランスには自由も、平等も、友愛もない。王侯貴族の天下を覆した人々、かつては第三身分と呼ばれ、今や国民として市民として、皆が等しい存在であるとされた人々は、もはや従前のような団結を遂げることができない。受動市民は能動市民を信用しないからだ。貧しき者は富める者を向後《こうご》は敵とみなすのだ。

出来事の意味を考えるほど、ロベスピエールが思い出すのは、今は亡きミラボーの言葉だった。

「また別な神殿が建てられつつあるようだよ。それも他者の立ち入りを許さないような、なんとも狭量で、しかも尊大きわまりない神殿がね」

議員を新たな貴族にしてはならない。金持ちの金持ちによる金持ちのための政治を許すべきではない。ブルジョワ階級の横暴を掣肘《せいちゅう》するためにも、護持するべきは国王の大権なのだと、それがミラボーの持論だった。

達見だったと思うほど、ロベスピエールは再び髪を掻き毟ることしかできなかった。今さら認めたところで、その国王ルイ十六世が逃亡を試みた後だからだ。ヴァレンヌで捕えられ、パリに連れ戻されるに及んで、国民の信をすっかり失ってしまったのだ。

その王を助けることで、自らの操り人形に落としてしまえば、もはや怖いものはないとばかりに、フイヤン・クラブの連中ときたら、本当のやりたい放題だ。それも議会のなかで傲岸《ごうがん》な言葉を弄《ろう》しているに留まらない。「シャン・ドゥ・マルスの虐殺」に手を染めただけでもない。

ロベスピエールは問いたかった。実力行使に踏みきると決めたのは、いつの話なのだろうかと。ジャコバン・クラブを嵌《は》めるための罠《わな》を画策していたときか。それとも、こちらに声明文を撤回されて、振り上げた拳《こぶし》のやり場に窮したときか。あるいはコルドリエ・クラブが単独でも署名運動を続けると決めたときか。

――いずれにせよ、連中はどこまでやるつもりか。

ロベスピエールは髪を振り乱さずにいられなかった。問うまでもなく、サン・トノレ街のジャコバン僧院には、報告の声が続いて絶えないからだ。

「コルドリエ・クラブが閉鎖されました」

「モモロさんが逮捕されたそうです。印刷屋の印刷物も全て差し押さえられました」

「言伝《ことづて》がありました。ダントンさんはイギリスに向かうそうです」

「マラ氏は地下に潜伏するとのこと。御手《おて》のものだから、心配はいらないと」

「デムーラン君の消息が知れません。御新造と一緒に田舎《いなか》に逃れたと、そう証言した者もあるにはあるんですが」

新しい報告が寄せられるほど、ロベスピエールは自分のなかの一部が死に、また別な一部が死にして、どんどん身体《からだ》が冷えていくような気持ちだった。革命は確かに起きたはずなのだ。必ずしも理想通りに運んでいなかったとはいえ、それでも革命の栄光だけは信じることができたのだ。なのに、こんな……。

——すでにして弾圧だ。

シャン・ドゥ・マルスだけではない。今やパリ中いたるところに国民衛兵隊が闊歩《かっぽ》していた。世の秩序を守るとの名分で許される範囲は、とうに超えてしまっている。だから、弾圧だという。あからさまな弾圧だという。それも革命はじまって以来の大弾圧だ。これではアンシャン・レジームの頃と少しも変わらない。いや、ルイ十六世だって、ここまでの強硬措置は取らなかった。

——なのに、あの連中ときたら……。

ロベスピエールは血が滲《にじ》むほど強く唇を噛んだ。

圧倒的な暴力を前に、己の無力を噛みしめさせられる屈辱は、これが初めてのことではなかった。が、かつては震えてばかりだった覚えがある。

アンシャン・レジームの頃と違うというならば、今度は侮られたままで終わるものかと、たぎり立つ思いがあることだった。ああ、この私だって市民だ。金持ちだから、実力者だからと媚び諂《へつら》うではなしに、生まれながらの権利においては全く劣らない人間だという自覚と自信で、一歩も退《ひ》くべきではないとの信念がある。

――それならば、私も戦うべきだった。

そうした思いも、ロベスピエールの悔しさになっていた。ああ、そうだ。フイヤン・クラブの連中が言論の戦いを放棄して、かくも無慈悲な弾圧の意志を隠していたとするならば、ジャコバン・クラブも退かずに戦うべきだった。声明文を高らかに掲げ続けて、ルイ十六世の廃位を堂々と打ち出しながら、真正面から挑みかかるべきだった。ジャコバン・クラブに手を出せなくなったから、とばっちりでコルドリエ・クラブの署名運動が襲われたと、そういう可能性だってあるのだ。ああ、そうだ、そうなのだ。虐殺、逮捕、投獄というような結果は同じだったとしても、やはり戦うべきだった。いや、どのみち同じだからこそ、決して逃げるべきではなかった。

「だから、そろそろ私も行くよ」

と、ロベスピエールは言葉に出した。もう髪は搔き毟らない。といって、身支度を整えなおす気力はない。ただ立ちあがるくらいのことは、できないわけではなかった。

「行くといって、どちらに」

会員のひとりが聞いてきた。

「下宿に帰るのさ。もう夜も遅いからね」

そう答えて、ロベスピエールはおどけてみせた。ああ、こんなところでお喋《しゃべ》りを続けていたって、なにひとつ始まらないよ。僧院の外に声が洩《も》れて、近所迷惑になるだけさ。

30――サン・トノレ街

目抜き通りを抱えるサン・トノレ街といえども、さすがに深夜は静かだった。

野良猫が走り抜ける気配を措《お》いて、音という音もないかの様子をいえば、昨日までと寸分変わるところがなかった。国民衛兵隊が出動してこないのは、昼間の声明撤回が効いたからのようだ。ああまでなりふり構わない敗北宣言を打ち上げられては、フイヤン・クラブがどれだけ厚顔であろうとも、容易に手出しならないというわけだ。

――いや、そうでもないか。

静寂が幅を利かせていればこそ、よく聞こえる。ギイイと金属が軋《きし》むような音が尾を引いている。ジャコバン僧院の門の鉄柵《てっさく》が開く音だ。間違いないというのは、どやどや足音が続いて、言葉となっては聞きとれないながら、ぼそぼそ数人が話している気配も伝わってきたからだった。

薄笑いを浮かべたまま、ロベスピエールは誰だろうとは問わなかった。

「国民衛兵たちです」

ジャコバン僧院の前庭を、何人かうろうろしています。みてきた者に報告されても、もちろん驚くつもりはない。やはり、来たか。ロベスピエールが自棄《やけ》な笑いを噛《か》んでいると、その間に怒鳴り声まで響き始めた。

「この質《たち》の悪い過激派どもめ」

「またぞろ蜂起《ほうき》を企《くわだ》てたな」

「政府を転覆させるつもりか、パリに内乱を起こすつもりか」

「はん、蜂起なんていいながら、その実は略奪めあてだ。機会に乗じて、ひとのものを掠《かす》めとるつもりだったのさ」

罵倒《ばとう》の文句は聞くに堪えないものだった。が、今のところは単なる嫌がらせにすぎない。シャン・ドゥ・マルスの署名運動にジャコバン・クラブは関係ないと、やはり建前が効いている。この僧院に籠城《ろうじょう》しているかぎり、連中とて簡単には手を出すことができない。が、それも個人の資格となると、どんな申し開きにも絶対の保証はつかない。

仮借《かしゃく》ない政治の不文律とて、ロベスピエールは承知していた。ああ、議員であれ、吏《り》員《いん》であれ、判事であれ、連中さえその気になれば、憲法に反する活動をしたと、どんな嫌疑でもかけてくる。

「ですから、いったん外に出てしまったら、なにが起こるかわかりませんよ」

そう忠告した会員もいた。また別な会員が後を受けた。ええ、現にペティオン議員はパリを脱出したじゃないですか。ロランさんとかいう篤志家の手助けで、田舎に逃げたそうじゃないですか。

「ブリソさんも一緒です。あの方もコルドリエ街の住民ですから、一番に脱出を図られました」

「ロベスピエールさんにしても、確か下宿はサントンジュ街でしたよね」

「だから、なんだというんだね」

ひひひ、ひひひ、とロベスピエールは笑いを声に出してみせた。妙に気分がすっきりするからには、いよいよ追い詰められた証拠だなと自覚しながら、なお抑えることができなかった。

ジャコバン・クラブの面々は、いっそう心配になるようだった。ええ、ロベスピエールさん、脅《おど》しでも、冗談でもないんです。今サントンジュ街なんかに向かったら、本当にただでは済みませんよ。

「だって、マレ地区でしょう。このサン・トノレ街からだと、市政庁の前を通ることになります。今も赤旗が掲げられている弾圧の本陣です」

「いや、それ以前にジャコバン・クラブの前庭には国民衛兵がいるんです。嫌がらせだけじゃないかもしれない。待ち伏せのつもりかもしれない」

「といって、この僧院に泊まるわけにもいかないだろう」

肩を竦《すく》めて答えながら、もしや私は自分を罰したいのだろうかと思いあたった。ああ、こんなにも愚かな自分など、いっそ殺されてしまえと思うのか。それとも負いきれない責任の大きさから、うまく逃げたいと思うのか。

なるほど、ともロベスピエールは思った。署名嘆願大作戦を進めたのは私だ。フイヤン・クラブの離脱を受けて、なおジャコバン・クラブの参加を決断したのも、罠《わな》に気づいて前言を翻《ひるがえ》すことになったのも、コルドリエ・クラブ単独での運動継続を認めたのも、全て私の決断なのだ。そうであるかぎり、全て私の責任ということにもなる。

――どうして、この私が……。

指導者だからだと、ロベスピエールは思い知らされた。自棄を起こそうとすれば、こうして必死に止めてくれる者がいるというのも、ジャコバン・クラブの指導者と目されているからなのだ。

それも生半可な思いではない。

「しっかりしてください」

そう一喝された時点で、ロベスピエールは尻餅《しりもち》をついていた。呆気《あっけ》に取られて大口を開けながら、びりびり痺《しび》れる自分の頬《ほお》を擦《こす》り擦りしているしかなかった。張り手を加えられていた。分厚い掌《てのひら》を打ちつけてきたのは、ロベスピエールからす

れば父親ほど歳《とし》の離れた男だった。ええ、ロベスピエールさん、しっかりしてください
よ。ジャコバン・クラブには、もうあんたしかいないんです。あんたまで逮捕されちま
ったら、正義を行おうって人間が、もう誰もいなくなっちまう。
「だから、是が非でも生きててもらわないと」
「あ、ああ」
「で、ひとつ相談なんですが、ロベスピエールさん、うちに来てはいかがですかい」
しばらく匿《かくま》いますよと、そうまで申し出てくれたのは、モーリス・デュプレイという
男だった。
角ばる顎《あご》と、ずんぐりした体軀《たいく》の持ち主は、なかなかの迫力を醸していた。見た目を
裏切らない、しっかりした人物で、デュプレイ氏は指物師《さしものし》の親方だった。
ぶっきらぼうな職人気質《かたぎ》だが、かたわら家具造りや大工仕事まで手掛ける働きぶりで、
暮らし向きも悪くない。政治意識も低くなく、だからこそジャコバン・クラブの会員に
なっている。
「いや、ああ、そうか。あなたがジャコバン・クラブの会員になったというのは……」
「家が近所だからって、それだけでもありませんが、とにかく、すぐで、うちの住所は
サン・トノレ通り三六六番地です」
ジャコバン僧院からなら、裏口からも抜けていけます。そう告げられるまま、ロベス

ピエールは動き出すことになった。

裏口は聖堂の東側に、その陰に隠れる格好で設けられていた。大声で話しながら行くのでなければ、普通に二人で抜けても、前庭の国民衛兵たちに見咎《みとが》められる心配はなかった。出たところの往来がラ・スールディエール通りであり、さらにサン・ロック新通りに抜け、モワンコー通りの小路に折れたところまでは、ロベスピエールにもわかった。

が、その先が覚束《おぼつか》ない。土台が深夜の話であり、しかも窓明かりひとつない裏通りばかりを選んだからだ。

ムーラン通りなのか、アルジャントゥイユ通りなのか、プチ・シャン通りなのか、大きく迂回《うかい》したような気もするから、あるいはリシュリュー通りからパレ・ロワイヤルの裏手に抜けたのかもしれなかったが、いずれにせよ、どこをどう進んだのかわからない。

それでも立ち止まらずに済んだのは、まさに界隈《かいわい》の人間として、デュプレイ氏が地理を熟知していたからだった。途中で国民衛兵らしき軍靴《ぐんか》の足音も響いたが、そのたび巧みに道を変えてくれたので、ロベスピエールはその背中を追いかけるだけでよかった。

――それにしても……。

自分も戦う。逃げたくない。そう依怙地《いこじ》なまでに念じていたものが、脱出の勧めに素直に従い、汗だくになりさえしながら、都会ならではの細かな小路を黙々と踏み越えていく。どうしてだろうと、ロベスピエールは自問を禁じえなかった。本意でなかったはずなのに、どうしてだろう。命令される立場でもないというのに、どうしてだろう。

これといった答えは思い浮かばなかった。が、妙に懐かしい気がしたことは確かだった。というのも、モーリス・デュプレイの背中は、それほど大きくはなかったが、いかにも職人らしいというか、がっしりしたものだったからだ。

——父さんの背中を……。

もしや私も小さな時分に追いかけたことがあったのだろうか。孤児のロベスピエールには、それも確かめようのない記憶であり、あるいはデュプレイ氏の背中が父親一般のイマージュを喚起させるものだったと、それだけの話なのかもしれなかった。

いずれにせよ、いつまでも背中を追いかけるわけにはいかなかった。最後は塀を攀《よ》じ登ることになった。越えた先が裏庭のような場所であり、何本か木が生えるくらいの広さがあった。

ふうとデュプレイ氏が息を吐《つ》いた。一安心ということだろうと、ロベスピエールは理解した。

実際、モーリス・デュプレイは奥の母屋に進んだ。裏口らしき扉を叩《たた》く手つきにも遠慮がなく、やはり自宅なのだと思われた。

とはいえ、なにぶん日付がかわるくらいの深夜である。容易に返事は戻らなかった。

ようやく起き出したところで、なかの家人としては平静で迎えられるものでもなかったのだろう。

「だれ」

鋭く誰何《すいか》する声が戻った。小刻みに震えて、女の声だ。

「俺《おれ》だ」

「父さんなの」

「ああ、客人も一緒だから、母さんも起こしてくれや」

ぱあと橙色《だいだいいろ》の明かりが窓辺に広がった。ぼんやり影絵が動いて、がさがさ物音が続いて、二、三分も待ったろうか。

閂《かんぬき》が外された音がした。裏口が開いたかと思うや、ほっそりした手が屋内に招いてくれた。

「さあ、どうぞ」

白いものがみえた。ふわふわと柔らかそうな印象は、あるいは夜着の風合いだけでなく、一緒に甘い匂《にお》いが鼻孔に流れついたからかもしれない。

ああ、そうかとデュプレイ氏は始めた。ええ、こっちの端からエレオノール、ヴィクトワール、エリザベートといいます。

「へっ、ひとりを嫁に出して、まだうちには娘が三人もおりましてね。ぴいちく、ぱあちく、まったく、うるさいばっかりなんですが」

そんで、これが女房のフランソワーズ・エレオノールです。倅《せがれ》と甥《おい》も一緒に暮らしてるんですが、なんだ、あいつら、起きてこないな。そうして紹介されている間にも、こちらは大きく口を開けていたようだった。

デュプレイ氏が質《ただ》してきた。一体どうなさったんです、ロベスピエールさん。

「あ、いや」

ロベスピエールは少し慌てた。こちらはマクシミリヤン・ロベスピエールさんだ。いつも話して聞かせてるだろ、ジャコバン・クラブの若き指導者って御仁さ。そう引き合わせられている最中も、どきどき胸が高鳴って止まらなかった。というのも、これじゃあ、無理ない話じゃないか。

「不調法で失礼いたします」

ロベスピエールは大急ぎで鬘《かつら》と服を直しにかかった。

主要参考文献

・B・ヴァンサン『ルイ16世』神田順子訳　祥伝社　2010年
・J・Ch・プティフィス『ルイ十六世』（上下）小倉孝誠監修　玉田敦子／橋本順一／坂口哲啓／真部清孝訳　中央公論新社　2008年
・J・ミシュレ『フランス革命史』（上下）桑原武夫／多田道太郎／樋口謹一訳　中公文庫　2006年
・R・ダーントン『革命前夜の地下出版』関根素子／二宮宏之訳　岩波書店　2000年
・R・シャルチエ『フランス革命の文化的起源』松浦義弘訳　岩波書店　1999年
・G・ルフェーヴル『1789年―フランス革命序論』高橋幸八郎／柴田三千雄／遅塚忠躬訳　岩波文庫　1998年
・G・ルフェーブル『フランス革命と農民』柴田三千雄訳　未来社　1956年
・S・シャーマ『フランス革命の主役たち』（上中下）栩木泰訳　中央公論社　1994年
・F・ブリュシュ／S・リアル／J・テュラール『フランス革命史』國府田武訳　白水社文庫クセジュ　1992年
・B・ディディエ『フランス革命の文学』小西嘉幸訳　白水社文庫クセジュ　1991年
・E・バーク『フランス革命の省察』半澤孝麿訳　みすず書房　1989年
・J・スタロバンスキー『フランス革命と芸術』井上堯裕訳　法政大学出版局　1989年

・G・セレブリャコワ『フランス革命期の女たち』（上下）西本昭治訳　岩波新書　1973年
・スタール夫人『フランス革命文明論』（第1巻〜第3巻）井伊玄太郎訳　雄松堂出版　1993年
・A・ソブール『フランス革命と民衆』井上幸治監訳　新評論　1983年
・A・ソブール『フランス革命』（上下）小場瀬卓三／渡辺淳訳　岩波新書　1953年
・G・リューデ『フランス革命と群衆』前川貞次郎／野口名隆／服部春彦訳　ミネルヴァ書房　1963年
・A・マチエ『フランス大革命』（上中下）ねづまさし／市原豊太訳　岩波文庫　1958〜1959年
・J・M・トムソン『ロベスピエールとフランス革命』樋口謹一訳　岩波新書　1955年
・新人物往来社編『王妃マリー・アントワネット』新人物往来社　2010年
・安達正勝『物語　フランス革命』中公新書　2008年
・野々垣友枝『1789年　フランス革命論』大学教育出版　2001年
・河野健二『フランス革命の思想と行動』岩波書店　1995年
・河野健二／樋口謹一『世界の歴史15　フランス革命』河出文庫　1989年
・河野健二『フランス革命二〇〇年』朝日選書　1987年
・河野健二『フランス革命小史』岩波新書　1959年
・柴田三千雄『フランス革命』岩波書店　1989年
・柴田三千雄『パリのフランス革命』東京大学出版会　1988年

・芝生瑞和『図説　フランス革命』河出書房新社　1989年
・多木浩二『絵で見るフランス革命』岩波新書　1989年
・川島ルミ子『フランス革命秘話』大修館書店　1989年
・田村秀夫『フランス革命』中央大学出版部　1976年
・前川貞次郎『フランス革命史研究』創文社　1956年

◇

・Anderson, J.M., *Daily life during the French revolution*, Westport, 2007.
・Andress, D., *French society in revolution*, 1789–1799, Manchester, 1999.
・Andress, D., *The French revolution and the people*, London, 2004.
・Artarit, J., *Robespierre*, Paris, 2009.
・Bailly, J.S., *Mémoires*, T.1–T.3, Paris, 2004–2005.
・Bessand-Massenet, P., *Femmes sous la Révolution*, Paris, 2005.
・Bessand-Massenet, P., *Robespierre: L'homme et l'idée*, Paris, 2001.
・Bonn, G., *Camille Desmoulins ou la plume de la liberté*, Paris, 2006.
・Carrot, G., *La garde nationale*, 1789–1871, Paris, 2001.
・Chaussinand-Nogaret, G., *Louis XVI*, Paris, 2006.
・Claretie, J., *Camille Desmoulins, Lucile Desmoulins*, Paris, 1875.
・Dingli, L., *Robespierre*, Paris, 2004.
・Félix, J., *Louis XVI et Marie-Antoinette*, Paris, 2006.

- Gallo, M., *L'homme Robespierre: Histoire d'une solitude*, Paris, 1994.
- Gallo, M., *Révolution française: Le peuple et le roi, 1774–1793*, Paris, 2008.
- Gallo, M., *Révolution française: Aux armes, citoyens!, 1793–1799*, Paris, 2009.
- Hardman, J., *The French revolution sourcebook*, London, 1999.
- Haydon, C. and Doyle, W., *Robespierre*, Cambridge, 1999.
- Lever, É., *Louis XVI*, Paris, 1985.
- Lever, É., *Marie-Antoinette*, Paris, 1991.
- Lever, É., *Marie-Antoinette: La dernière reine*, Paris, 2000.
- Marie-Antoinette, *Correspondance, T.1–T.2*, Clermont-Ferrand, 2004.
- Mason, L., *Singing the French revolution: Popular culture and politics, 1787–1799*, London, 1996.
- Mathiez, A., *Le club des Cordeliers pendant la crise de Varennes, et le massacre du Champ de Mars,* Paris, 1910.
- McPhee, P., *Living the French revolution, 1789–99*, New York, 2006.
- Monnier, R., *À Paris sous la Révolution,* Paris, 2008.
- Ozouf, M., *Varennes, La mort de la royauté*, Paris, 2005.
- Robespierre, M. de, *Œuvres de Maximilien Robespierre, T.1–T.10*, Paris, 2000.
- Robinet, J.F., *Danton homme d'État*, Paris, 1889.
- Saint Bris, G., *La Fayette*, Paris, 2006.
- Scurr, R., *Fatal purity: Robespierre and the French revolution*, New York, 2006.

- Tackett, T., *Le roi s'enfuit: Varennes et l'origine de la Terreur*, Paris, 2004.
- Tourzel, L.F. de, *Mémoires sur la révolution, T.1–T.2*, Clermont-Ferrand, 2004.
- Vovelle, M., *Combats pour la révolution française*, Paris, 2001.
- Vovelle, M., *Les Jacobins: De Robespierre à Chevènement*, Paris, 1999.
- Walter, G., *Marat*, Paris, 1933.

解　説

永江　朗

小学生のころ、『タイムトンネル』というアメリカ製のＴＶドラマがありました。アリゾナの砂漠の地下深くにつくられた時間旅行装置がタイムトンネルです。装置がまだ未完成なのに、二人の若い研究者がトンネルに入ってしまう。二人は歴史上のさまざまな事件に出会《でくわ》します。トロイア戦争の現場に行ってトロイの木馬を目撃したり、リンカーン大統領の暗殺現場に居合わせたり。危機一髪というところで、二人は別の時代に送られます。細部の記憶はあやふやですが、毎週の放送を見ていたときのわくわくする気持ちは忘れられません。主人公とともに、自分も歴史の瞬間を目撃している気分でした。

もう半世紀近くも前のこんなことを思い出したのは、本書『小説フランス革命』を読んでいたときのこと。本書を開くとまるでタイムトンネルでフランス革命の現場に転送されたような気持ちになります。ミラボーが、ロベスピエールが、ダントンが、ルイ十六世が、マリー・アントワネットが、目の前で笑い、叫び、怒り、泣いている！

ぼくが高校の社会科の先生なら、この小説を教材に使いますね。フランス革命がなぜ起きたのか、どんな経緯をたどったのか、近代民主主義の基礎である自由や平等はどのように捉えられ定着していったのか、その現場にいるかのように体験できます。あるときはミラボーの気持ちで、またあるときはロベスピエールの気持ちで、ときにはルイ十六世の気持ちで、フランス革命を疑似体験できます。

本書、第八巻ではヴァレンヌ事件の後半とその後が描かれています。単行本では第五巻『王の逃亡』の後半、第十四節から、第六巻『フイヤン派の野望』の前半、第七節までにあたります。

ヴァレンヌ事件はフランス革命全体のキーポイントですね。一七九一年六月二十日、ルイ十六世とマリー・アントワネットはパリを逃げ出します。八九年七月十四日のバスティーユ襲撃からおよそ二年後のこと。ところが逃亡は失敗、一行はフランス東部国境近くのヴァレンヌで発見されてしまう。ここまでが第七巻。本書、第八巻は、発見されたルイ十六世が、「私こそ諸君らの王である」「朕はフランス王ルイ十六世である」と正体を明かしたところから始まります。

王の逃亡劇はルイ十六世の視点で描かれています（節によって視点が変わるのが『小説フランス革命』の魅力です）。王は王なりに必死だったと思います。でも、どこか間が抜けている。慎重かつ周到であるようで、穴がいろいろあいている。

王子ルイ・シャルルは女装して令嬢に、ルイ十六世は執事に、マリー・アントワネットは腰元に、それぞれ変装します。テュイルリ宮から幌馬車《ほろばしゃ》で脱出します。ここまでは慎重です。ところが彼らはサン・マルタン門でベルリン馬車に乗り換えます。

ベルリン馬車というのは、箱形で屋根つきの馬車です。幌馬車の車輪が二つで軽快なのに対して、ベルリン馬車は車輪が四つあり、バネもあって乗り心地はいい。そのぶん重くて大きい。一行が乗ったのはルイ十六世自らが発注した豪華なもので、内外装も凝りに凝っていたとか。

ちなみにこの「ベルリン馬車」という名称は自動車の形状として現代も残っています。アメリカではセダン、イギリスではサルーンといいますが、フランス語ではベルリーヌ、イタリア語ではベルリーナと呼びます。日本でも看板に使っている自動車販売店を見かけることがありますね。

ルイ十六世の一行は、豪華な馬車にごちそうやワインなんかもたくさん積んで、ゆるりゆるりと進むのだから、あんまり〝逃亡〟という感じじゃありません。ヴァレンヌでバレちゃったのもあたりまえか。逃亡の計画を立てたのはマリー・アントワネットの愛人でスウェーデン貴族のフェルセン。これがまたドジな男で、パリ市内で道に迷ったりします。ルイ十六世の気持ちとしては複雑ですよね。妻の愛人の計画に沿って、妻や子どもたちと一緒に逃げようというのですから。

『小説フランス革命』ではルイ十六世の視点で逃亡事件の一部始終を描いていますが、

マリー・アントワネットから見るとどうだったのでしょう。そもそも彼女がフランス王家に嫁いだのは政略結婚のためでした。ハプスブルクのロートリンゲン家の血を引き、オーストリア大公マリア・テレジアと神聖ローマ皇帝フランツ一世の娘。プロイセン王国の脅威にさらされたオーストリアとフランスとの同盟関係を強めるために嫁入りさせられたわけです。日本の戦国武将の姫君たちと同じですね。フランス版のお江《ごう》か。

逃亡計画も、国外脱出（亡命）まで考えていたかどうかは別として、パリから離れて、亡命貴族やオーストリアの助力を得てルイ王朝を再興させたいという気持ちがあったからでしょう。つまりは夫、ルイ十六世のため。時代も国も言葉も違う人間の行動や心理を、現代のぼくたちが同時代人について考えるように想像するのは間違っているのかもしれないけど。

結果的にこの逃亡計画は裏目に出ました。王様が国を捨てて逃げた、しかも外国の軍隊を連れて帰るつもりだった、ということになってしまった。ルイ十六世にそういう意図があったかどうかは関係なく、フランス国民はそう思ったわけです。だってそうですよね、オーストリア出身の奥さんと子どもを連れて、変装までしてこっそり国境付近に潜んでいるんだから。「ちょっと散歩しにきました」なんて言い訳できる状況ではない。

フランス国民からすると二重に裏切られた気分だったでしょう。まず自分たちを放り出して逃げようとした。佐藤賢一は、宿を提供した相手が王様だと知ったヴァレンヌの助役にして、蠟燭屋《ろうそくや》兼食料品店の主人ソースに、「この国を見捨てないでください」「後生ですから、陛下、我々をみなし子にしないでくださいませ」と哀願させています。でもソースのような国民だけじゃありません。パリへと送られるルイ十六世とその家族を囲む群衆からは罵声を浴びせられます。

「よくもフランスから逃げようとしたな」

「だけじゃねえぞ。こいつは外国の軍隊を呼んでくるつもりだったんだ」

「ひでえ、俺たちを殺すつもりだったのか」

こんな声が聞こえてきます。王は豚呼ばわり、王妃は雌犬呼ばわりまで。まだ幼い子どもの前でこれはちょっときつい。

もっとも歴史はヴァレンヌ事件から一直線に断頭台での王と王妃の処刑に進んだのではなく、革命はさらにさらに紆余曲折《うよきよくせつ》をへていくわけですが。

歴史に「もしも」はないと承知しつつも、「もしもミラボーが生きていたら」「もしも国王たちが逃亡しなかったら」「もしもヴァレンヌでバレなかったら」「もしも逃亡の足にベルリン馬車ではなく幌馬車を使っていたら」などと考えずにはいられません。ひとつでも「もしも」があれば、その後の歴史は大きく変わっていたかもしれない。

たとえばミラボーは立憲君主制を主張していましたし、議会に影響力があり、国民にも人気がありました。王と王妃がパリから逃げなきゃと思ったのは、ミラボーが死んだことも大きかったでしょう。ミラボーの四十二歳での病死は、あまりにも早かった。あと二十年彼が元気だったらどうだったか。

ヴァレンヌ事件がなければ、国王の権威はあそこまで失墜することはなかったでしょう。あるいは、国王の逃亡や亡命が成功して、外国軍を連れてフランスに侵攻するということになればどうなっていたか。

考えてみれば、バスティーユ要塞の陥落にしても、偶然の産物のようなものでした。ネッケルの罷免から衝動的に行われたデムーランの演説をきっかけに、パリの民衆の怒りに火がつきます（その様子は文庫版第二巻に描かれています）。そもそもフランスの民衆が飢え、パンひとかけらにもこと欠くような事態になったのは、一七八三年に噴火したアイスランドのラキ火山のためだといわれます。大量の二酸化硫黄粒子が放出され、その後の数年間、ヨーロッパは異常気象に見舞われます。デムーランが演説を打たなかったら、ラキ火山が噴火しなかったら、歴史はどうなっていたのだろう。

とはいえ、仮に「もしも」があったとしても、じゃあ近代民主主義というものがなかったかというと、そんなことはないでしょう。自由や平等という概念、人権という概念が定着しなかったかというと、それもないでしょう。歴史の細部は違っていたかもしれないけれども、ごく大まかな流れは変わらなかっただろうと思います。

文庫版第一巻の解説の冒頭で池上彰さんがお書きになっていますが、革命前夜のフランスと現代日本の状況はあまりにもよく似ています。政府は巨大な財政赤字を抱えているが、増税も構造改革も反対の声が強くてできない。一方で民衆の怒りは爆発寸前になっている。ただ大きく違うのは、フランス革命後の時代に生きるぼくたちは、自由や平等や基本的人権や人民主権をすでに手に入れてしまっているということです。

しかし、この手に入れたはずの民主主義の基本ルールもまた、再点検を求められているのではないでしょうか。政治が混迷し、官僚がバッシングされ、英雄が待望される。でも喝采を浴びて登場する英雄的政治家が、ぼくたちを幸福にするとはかぎりません。歴史に「もしも」はないけれども、「いま」と「これから」を考えるためには、歴史をよく振り返る必要があります。「いま」を知るためには、フランス革命をよく知らなければならない。『小説フランス革命』はまさに現代人必読の物語なのです。

小説フランス革命 1～9巻 関連年表

（■の部分が本巻に該当）

1

1774年5月10日	ルイ16世即位
1775年4月19日	アメリカ独立戦争開始
1777年6月29日	ネッケルが財務長官に就任
1778年2月6日	フランスとアメリカが同盟締結
1781年2月19日	ネッケルが財務長官を解任される
1787年8月14日	国王政府がパリ高等法院をトロワに追放
	——王家と貴族が税制をめぐり対立——
1788年7月21日	ドーフィネ州三部会開催
8月8日	国王政府が全国三部会の召集を布告
8月16日	「国家の破産」が宣言される
8月26日	ネッケルが財務長官に復職
	——この年フランス全土で大凶作——
1789年1月	シェイエスが『第三身分とは何か』を出版

3月23日	マルセイユで暴動
3月25日	エクス・アン・プロヴァンスで暴動
4月27～28日	パリで工場経営者宅が民衆に襲われる（レヴェイヨン事件）
5月5日	ヴェルサイユで全国三部会が開幕
同日	ミラボーが『全国三部会新聞』発刊
6月4日	王太子ルイ・フランソワ死去
6月17日	第三身分代表議員が国民議会の設立を宣言
1789年6月19日	ミラボーの父死去
6月20日	球戯場の誓い。国民議会は憲法が制定されるまで解散しないと宣誓
6月23日	王が議会に親臨、国民議会に解散を命じる
6月27日	王が譲歩、第一・第二身分代表議員に国民議会への合流を勧告
7月7日	国民議会が憲法制定国民議会へと名称を変更
	——王が議会へ軍隊を差し向ける——
7月11日	ネッケルが財務長官を罷免される
7月12日	デムーランの演説を契機にパリの民衆が蜂起

3

1789年7月14日 パリ市民によりバスティーユ要塞陥落
——地方都市に反乱が広まる——
7月15日 バイイがパリ市長に、ラ・ファイエットが国民衛兵隊司令官に就任
7月16日 ネッケルがみたび財務長官に就任
7月17日 ルイ16世がパリを訪問、革命と和解
7月28日 ブリソが『フランスの愛国者』紙を発刊
8月4日 議会で封建制の廃止が決議される
8月26日 議会で「人間と市民の権利に関する宣言」（人権宣言）が採択される
9月16日 マラが『人民の友』紙を発刊
10月5～6日 パリの女たちによるヴェルサイユ行進。国王一家もパリに移動

4

1789年10月9日 ギヨタンが議会で断頭台の採用を提案
10月10日 タレイランが議会で教会財産の国有化を訴える
10月19日 憲法制定国民議会がパリに移動
10月29日 新しい選挙法・マルク銀貨法案が議会で可決
11月2日 教会財産の国有化が可決される

11月頭	ブルトン・クラブが憲法友の会と改称し、集会場をパリのジャコバン僧院に置く（ジャコバン・クラブの発足）
11月28日	デムーランが『フランスとブラバンの革命』紙を発刊
12月19日	アッシニャ（当初国債、のちに紙幣としても流通）発売開始
1790年1月15日	全国で83の県の設置が決まる
3月31日	ロベスピエールがジャコバン・クラブの代表に
4月27日	コルドリエ僧院に人権友の会が設立される（コルドリエ・クラブの発足）
1790年5月12日	パレ・ロワイヤルで1789年クラブが発足
5月22日	宣戦講和の権限が国王と議会で分有されることが決議される
6月19日	世襲貴族の廃止が議会で決まる
7月12日	聖職者の俸給制などを盛り込んだ聖職者民事基本法が成立
7月14日	パリで第一回全国連盟祭
8月5日	駐屯地ナンシーで兵士の暴動（ナンシー事件）
9月4日	ネッケル辞職

5

1790年11月30日	ミラボーがジャコバン・クラブの代表に
12月27日	司祭グレゴワール師が聖職者民事基本法に最初に宣誓
12月29日	デムーランとリュシルが結婚
1791年1月	宣誓聖職者と宣誓拒否聖職者が議会で対立、シスマ（教会大分裂）の引き金に
1月29日	ミラボーが第44代憲法制定国民議会議長に
2月19日	内親王二人がローマへ出立。これを契機に亡命禁止法の議論が活性化
4月2日	ミラボー死去。後日、国葬でパンテオンに偉人として埋葬される
1791年6月20〜21日	国王一家がパリを脱出、ヴァレンヌで捕らえられる（ヴァレンヌ事件）
1791年6月21日	一部議員が国王逃亡を誘拐にすりかえて発表、廃位を阻止
7月14日	パリで第二回全国連盟祭

6 7 8

7月16日	ジャコバン・クラブ分裂、フイヤン・クラブ発足
7月17日	シャン・ドゥ・マルスの虐殺
1791年8月27日	ピルニッツ宣言。オーストリアとプロイセンがフランスの革命に軍事介入する可能性を示す
9月3日	91年憲法が議会で採択
9月14日	ルイ16世が憲法に宣誓、憲法制定が確定
9月30日	ロベスピエールら現職全員が議員資格を失う
10月1日	新しい議員たちによる立法議会が開幕
11月9日	亡命貴族の断罪と財産没収が法案化
11月16日	ペティオンがラ・ファイエットを選挙で破りパリ市長に
11月25日	宣誓拒否僧監視委員会が発足
11月28日	ロベスピエールが再びジャコバン・クラブの代表に
12月3日	亡命中の王弟プロヴァンス伯とアルトワ伯が帰国拒否声明
	——王、議会ともに主戦論に傾く——
12月18日	ロベスピエールがジャコバン・クラブで反戦演説

9

初出誌　「小説すばる」二〇〇九年四月号〜二〇〇九年七月号

二〇一〇年三月に刊行された単行本『王の逃亡　小説フランス革命Ⅴ』と、同年九月に刊行された単行本『フイヤン派の野望　小説フランス革命Ⅵ』（共に集英社刊）の二冊を文庫化にあたり再編集し、三分冊しました。

本書はその二冊目にあたります。

佐藤賢一の本

カルチェ・ラタン

時は16世紀。学問の都パリはカルチェ・ラタン。世間知らずの夜警隊長ドニと女たらしの神学僧ミシェルが巻き込まれたある事件とは？　宗教改革の嵐が吹き荒れる時代の青春群像。

集英社文庫

佐藤賢一の本

オクシタニア（上・下）

宗教とは、生きるためのものか、死ぬためのものか。13世紀南フランス、豊饒の地オクシタニアに繁栄を築いた異端カタリ派は、十字軍をいかに迎え撃つのか。その興亡のドラマを描く、魂の物語！

集英社文庫

集英社文庫

フイヤン派《は》の野望《やぼう》 小説《しょうせつ》フランス革命《かくめい》8

2012年4月25日 第1刷
2020年10月10日 第2刷

定価はカバーに表示してあります。

著 者 佐藤賢一《さとうけんいち》
発行者 徳永 真
発行所 株式会社 集英社
東京都千代田区一ツ橋2-5-10 〒101-8050
電話 【編集部】03-3230-6095
【読者係】03-3230-6080
【販売部】03-3230-6393(書店専用)
印 刷 凸版印刷株式会社
製 本 凸版印刷株式会社

フォーマットデザイン アリヤマデザインストア マークデザイン 居山浩二

ISBN978-4-08-746816-8 C0193